恋文

ゆめ姫事件帖

和田はつ子

時代小説文庫

角川春樹事務所

本書は、二〇〇七年九月～二〇一〇年一月の間に廣済堂出版より刊行された「余々姫夢見帖」全七巻から、タイトルを変更し、再構成した上で、全面改稿いたしました。

目次

第一話　ゆめ姫が亀乃の夢を解く

一

冷たかった風が少しずつぬくもり始めて、日ざしが強くなると、すでに春であった。春は気長に訪れる。

ゆめ姫《ひめ》は池本《いけもと》家の自分の部屋から庭をながめていた。庭の草木の多くはまだ枯れ葉色のままだが、ぽつぽつと緑の新芽が吹いてきている。

――春の緑はいつ見てもうれしいものだわ――

だが、まだ上巳《じょうし》の節供《せっく》（三月三日）には少し間がある。

ゆめ姫は徳川《とくがわ》将軍の末娘であった。すらりとした高貴な美しさの持ち主であったが、生来、好奇心が強く、大奥に閉じこもっているのに耐えられずに、今は姫がじいと呼んでいる、側用人《そばようにん》の池本方忠《まさただ》の屋敷で起居している。

もとより、方忠の妻亀乃《かめの》、総一郎《そういちろう》、信二郎《しんじろう》の二人の息子たちは、この行儀見習いをしている娘が将軍家の姫であるなどとは、夢にも思っていなかった。

ちなみに池本家でのゆめ姫の名はゆめ。ゆめ殿と呼ばれている。早くに母親を失ったため、家事などの女のたしなみに、驚くほど疎いのだと、方忠は亀乃に説明した。

また、ゆめ姫が時折、江戸を離れて訪れる箱根の親戚《しんせき》とは大奥のことである。以前は月に一度は城に戻るよう、大奥総取締役の浦路《うらじ》から促されたが、本丸大奥から出て西の丸に居を構えてからは、矢のような催促はなくなった。

——本当に気楽な身分になれたわ——

今や、姫は池本家で伸び伸びと暮らす喜びを堪能《たんのう》していた。

「ゆめ殿、ゆめ殿」

早速、亀乃に呼ばれた。

「はーい、ただ今」

亀乃の声は厨《くりや》から響いていた。

「叔母上《おばうえ》様、何でございましょうか」

「信二郎にふくれまんじゅうを食べさせたいので、つくることにしたのです。手伝っていただければと——」

「喜んで」

ゆめ姫は目を輝かせた。世の娘たち同様、姫も甘いものに目がなかった。

ただし、大奥で口にする菓子はどれも、江戸市中の老舗《しにせ》の菓子屋が届けてくる典雅なものばかりであった。これらの上品な味わいに姫は少なからず飽いていたのである。

「おまんじゅうの皮に甘酒を使うのですよ、この甘酒はまんじゅうの素《もと》とも言うの」

「まあ、甘酒を」

甘酒、水飴《みずあめ》、金鍔《きんつば》、大福――姫が覚えた市井の甘味は強烈な甘さと風味が詰まっていて、ことのほか美味であった。

「さあ、始めましょう」

亀乃は一抱えもある大きなこね鉢に小麦粉三升（約二・七キログラム）を入れ、

「卵を入れるとさらに美味なのよ」

卵三個、砂糖茶碗《ちゃわん》一杯、まんじゅうの素である甘酒五合（約九百ミリリットル）を加えた。

「さあ、手を洗ってから、煉《ね》ってみてごらんなさい」

「はい」

言われた通りにして、ゆめ姫は粉の山と格闘を始めた。なかなか乾いた粉と卵や甘酒が混ざらない。

「初めは手に粉がべたべた付いて難儀ですけど、下からよく返して、握《にぎ》り拳《こぶし》で押しつけたりしているうちに、手にくっつかなくなります。それまでよく煉ってくださいね」

その間、亀乃は中に入れる餡《あん》をつくっている。

「今日の餡は小豆《あずき》ではないのですね」

ゆめ姫はさつまいもの皮を剝《む》いている亀乃の手元を見つめた。

「といもの餡を入れるので、このふくれまんじゅうは、といもまんじゅうとも言うのですよ」

「さつまいものことを島原ではといもというそうです。唐の芋と書いて、といも——」

何やら、亀乃は浮き浮きした様子であった。

「黒砂糖が入った芋餡《いもあん》は美味《おい》しいものですよ」

亀乃は皮を剝いて小さく切ったといもを鍋《なべ》に入れて火にかけた。

「小豆を餡に煮るより、ずっと早く煮えて手軽ですしね、島原では農家の者たちが、田植えの時に必ず食べたそうです」

「叔母上様のお知り合いに島原の方がおいでなのですか？」

「幼友達が一人——」

亀乃は微笑《ほほえ》んだ。

「まだ、小さい頃のことでしたけど、実家《さと》に阿蘭陀屋《おらんだや》という唐物屋が出入りしていたのです。商いにおいでになるご主人には、必ずそこの息子さんが付いてきていましたね。大人しい恐ろしくお行儀のいい子どもで、わたくしはお転婆《てんば》な娘でしたから、いつしか、遊び仲間にしてしまったんです。息子さんは伊太郎《いたろう》という名でしたっけ——」

唐物屋とは羅紗《らしゃ》、呉絽《ごろ》、珊瑚《さんご》、瑠璃《るり》などの唐からの輸入品一式を取り扱う、高級店であった。

「阿蘭陀屋さんはきっと、島原のご出身なのですね。そして、ふくれまんじゅうは阿蘭陀屋さんに代々伝わる、お故郷《くに》の食べ物なのでは？」

「あの時、わたくしは幼くてわかりませんでしたけれども、伊太郎さんは貰い子《もらいご》だったのです。子どものいない阿蘭陀屋さんは、自分の後継ぎにふさわしい頭のいい子どもを、お故郷の島原で探してて、両親《ふたおや》を病で亡くし、暮らしに困っていた伊太郎さんが、お眼鏡《めがね》に適《かな》って貰われたということでした。それで、伊太郎さんは遊びたい盛りだというのに、育ての親のご主人について商いの修業をしていたのね。今から思うと痛々しい話ですけれども——、ふくれまんじゅうは、伊太郎さんが教えてくれた味なのです。伊太郎さんから聞いて、あんまり美味しそうだから、母上に、つくって、つくってって、言い続けてつくっていただいたのです。たしかに美味しいし、時をかけて煮上げなければならない小豆餡に比べ黒砂糖の芋餡は、思いついた時すぐ簡単にできる、って母上もおっしゃって、それからずっと実家の味になって、わたくしが嫁いだ池本の味にもなったのです」

「阿蘭陀屋さんではつくってくださらなかったのでしょうか」

「渡来品を商う唐物屋は、夢を売る店ですから、農家の田植え時のおやつはどんなに美味しくても、お膳《ぜん》に上らせなかったんじゃないかしら？　その証《あかし》に母上がつくったふくれまんじゅう、ご主人のいる前では、決して伊太郎さんは手を出さなかった。でも、こっそりご主人のいないところで勧めてみると、両手に摑《つか》んで食べること食べること——」

　その時の伊太郎の懸命な様子を思い出したのだろう、亀乃はうふふと楽しそうに笑って、

「わたくし、お行儀よくかしこまっていた伊太郎さんより、ふくれまんじゅうに夢中になってる伊太郎さんの方が、面白くて好きでしたのよ」

「その後、伊太郎さんとは？」

「それがねえ――」

亀乃の顔が曇った。

「あの頃、江戸市中で幼い男の子ばかりねらう人攫《ひとさら》いが続いていて、伊太郎さんもいなくなったのです。攫《さら》われた子どもたちは、たいていが長屋の子で、大店《おおだな》の後継ぎで攫われたのは伊太郎さんだけだったと、後で話に聞きました。伊太郎さんはいつもお仕着せを着ていたから、後継ぎとは思われなかったのではないかしら。せめてもう少しよい身形《みなり》をさせていればって、母上は情けながっていました」

「伊太郎さん、とうとう帰っては来なかったのですね」

「ええ、帰ってこなかった。悲しかったですよ、とても――」

亀乃の声がいつになく湿った。そして、指で目頭を押さえてから、ゆめ姫が奮闘しているこね鉢に目を転じ、

「それ、もうそろそろよろしいと思いますよ。こね鉢の中のタネは、そのまま半刻《はんとき》（一時間）ほど置いておけば、膨らんできます。その間、お茶でも飲んで一休みしましょう。ゆめ殿は手を洗って、居間で待っていてください」

と告げた。

——叔母上様、よほど伊太郎さんのことが気にかかっておられるのだわ、もしかしたら——

亀乃と向かい合ったゆめ姫は思い切って訊《たず》ねてみた。

「最近、伊太郎さんの夢をごらんになったのではありませんか」

「ゆめ殿には隠せませんね、実はそうなのです」

ゆめ姫には、夢でこれから起きることを予知したり、死者や生き霊と交信できるという特殊な力がある。

この力のことを池本家の人たちはすでに知っていた。

二

「夢の中で伊太郎さん、どんなご様子でした？」

ゆめ姫は訊《き》かずにはいられなかった。

「伊太郎さんには、子どもの頃、囲炉裏《いろり》に落ちた時に負ったという火傷《やけど》の痕《あと》が、首筋に蚯《み》蚓《み》腫《ず》れ《ば》のように残っていました。その痕が夢に出てきた伊太郎さんにもあったのです。けれども——」

首をかしげて言葉を止めた亀乃は神妙な顔で茶を啜《すす》った。

「夢の中の伊太郎さんに、どこかおかしなところがあったんですか？」

「最後にわたくしが見た伊太郎さんは、十一歳かそこらだったのですが、夢に出てきたのは殿様より少し若いくらいで——髪に白いものが混じっていて、顔にも皺《しわ》があったのですよ。ですから、首筋の火傷の痕がなければ、伊太郎さんとはとてもわかりませんでした——」

「伊太郎さんが生きているかもしれないとお思いなのですね」

「ええ、でも、あの時の人攫いは攫った男の子たちを船に乗せて、こっそり遠い異国へ売り飛ばしてしまったのだ、と皆が噂《うわさ》してましたから、生きて江戸にいるなんてこと、あるわけないのですよ」

「江戸にいると、どうしておわかりになったんです？」

「瑞兆《ずいちょう》という有名な料亭が深川にあるのですが、そこの暖簾《のれん》の前に立っていらしたから。身形もたいそう立派で、大店の主《あるじ》という貫禄《かんろく》でした」

「夢で見た伊太郎さんのお顔は、どこかで会った別の方のお顔だったということは？」

「覚えている限りではありません。見たことのないお顔でした。でも、もしかしたら、あなたの言うように、どこぞで会った方に、ふと思い出した伊太郎さんの火傷の痕が重なって、夢に出てきただけなのかも——きっと、そうね、そうに違いないわ」

自分に言いきかせるようにして亀乃は立ち上がった。

「ふくれまんじゅうの皮の加減は、その日の寒さや暖かさと関《かか》わりがありますからね、ちょくちょくふくれ具合を見ないと。ふくれすぎると蒸しても、ふっくら膨らまず、石のように固くなってしまうのですよ」

ほどよくふくれたタネは、もう一度軽くこね、手に粉を付けて卵ほどの大きさに千切り、端を伸ばして芋餡を包み込む。端を薄く伸ばすのがこつなのだが、伸ばしすぎると皮が破れてしまうので、加減がむずかしかった。

ゆめ姫はまたしても悪戦苦闘しているが、亀乃はすいすいと形よく包んで仕上げていく。

「また、ここで一休み」

亀乃は芋餡の入ったまんじゅうのタネを、間を空けて大きな蒸籠《せいろ》の上に並べた。

「休ませるとまた膨らむのですよ」

膨れてきたところで、竈《かまど》に火を入れて蒸し上げる。湯気が盛んに吹き出し、まんじゅうを指で押してみて、すぐに膨れてくれれば蒸し上がりであった。

「奥方様、信二郎様がお見えになりました。何でも、ゆめ殿に急なお話がおありになるそうです。客間にお通しいたしました」

上女中《かみじょちゅう》が報《し》せに来た。

信二郎は赤子を亡くした女に攫われて以来、南町奉行所の与力の子秋月修太郎《あきづきしゅうたろう》として育てられた。一度は噺家《はなしか》の道を選んだが、秋月家の血縁者が死に絶えたため、今は家督を継いでいる。

ゆめ姫の不思議な力によって、長きに渡って行方《ゆくえ》知れずになっていた、側用人池本家の次男とわかった今でも、信二郎は池本姓を名乗ろうとはしなかった。

修太郎と偽った信二郎を連れて、再婚した亡き養母が、非道な人攫いだとわかっても憎むことができなかったのである。

もっとも天性の資質の賜《たまもの》か、噺家のみならず戯作者《げさくしゃ》としてもその名が知られている。富《とみ》松座《まつざ》で演じられ、長蛇の列が絶えなかったという、秋本紅葉《あきもとこうよう》作の〝曾我流義経凧〟の再演を望む声は大きい。

もちろん、皆が見惚《みと》れるのは役者の並み外れた演技なのだが、こと〝曾我流義経凧〟については、秋本紅葉の描き出す人の想《おも》いの深さと、飽きさせない筋の展開が見所とされていた。

――大奥でも話題になっていたし、父上様も秋本紅葉も一緒に、城中に呼びたいなんておっしゃって興味津々だったわ――

しかし、残念なことに、秋本紅葉でもある信二郎がゆめ姫に会おうとするのは、戯作や噺を聴かせるためではなかった。

――信二郎様の心にはどっさり、甘くて美味しいお菓子のように面白くて楽しいお話、切なくて思わず涙してしまうお話が詰まっているんだわ、きっと。たまにはそんなお話をお聴かせくださってもよさそうなものだけれど――

姫は信二郎の創作の中にこそ、浮き世の義理から解き放たれた素の信二郎の姿が見えるような気がしていた。

――なぜか、もっと信二郎様を知りたい――

そんなゆめ姫の心の裡《うち》とは裏腹に、

「実は――」

姫が客間に入ると信二郎は例によって、竹馬の友である同心の山崎正重《やまざきまさしげ》からの頼まれ事を口にした。

――ああ、また――。でもこれはわたしの大事なお役目なのだから――

夢で霊の姿を見たり、訴えを聞くことができるのは、徳川家の守り神にもなり得る特質ゆえ、その役目に励むようにと、ゆめ姫は大権現《だいごんげん》様（徳川家康《いえやす》）より、直々に言葉を賜っていた。

信二郎は諏訪町《すわちょう》にある火《ひ》の見櫓《みやぐら》から落ちて死んだ若い男の話をした。

定火消《じょうびけし》の火消屋敷に設けられている火の見櫓は三丈（約九メートル）の高さであったが、十町（約一キロ）ごとにおかれている町方のものはそれより低く、櫓のない町は自身番屋の屋根に火の見梯子《ばしご》を立てていた。

町方の火の見櫓には、その上層に半鐘《はんしょう》が吊《つ》るされていて、これにより町火消を招集するとともに、大勢に火災の発生を知らせた。

「名は啓太《けいた》、蔵前の両替屋金銀屋《きんぎんや》の後継ぎです。火消しに憧《あこが》れていて、是非とも、り組に入るのだ、家業を継ぐのは嫌だと言い出し、言い出したらきかない性質《たち》で両親を困らせていたと聞いています。業を煮やした父親が半年ほど前に勘当。窮した暮らしをすれば、何不自由なく育てた親や、継ぐもののあることの有り難味を多少は知って、頭を下げて帰ってきてくれるだろうと期待していた矢先だそうです」

「啓太さんは日々、何をして暮らしていたのです？」

「火消しになりたいと思うからには、力と足が自慢で、荷運びや使い走りの仕事で、何とか三度の糧《かて》を得ていたようです。〝もっともっと身体《からだ》を鍛えないと火消しにはしてもらえない〟というのが口癖でした。この頃の啓太は生き生きしていて明るかったそうです。挨《あい》拶《さつ》に行った、り組の組頭も、〝柔《やわ》な大店の若旦那は雇えねえと思って断ってたが、よし、この分なら務まるだろう〟と言ってくれて、望みが叶《かな》う日も近かったはずです」

「ずっとそうではなかったのですか？」

「いけなかったのは、心配でならず、始終、銭を届けていた母親でしょう。ゆとりの金があった啓太はよくない仲間と知り合って、酒の味を覚えたのです。骸《むくろ》からも酒の濃い匂《にお》いが漂っていました。長屋の者たちの話では、仕事をしなくなって、昼間から飲んでいたとのことでした。そんな自分に嫌気がさしてさらに深酒になる、そう言っていたのは相長屋の傘張り浪人の娘お春《はる》です。啓太はお春にはこのままでは駄目だ、だんだん身体もなまって、火消しにはしてもらえなくなるだろうなどと、愚痴混じりの話をしていたそうです。お春は詫《わ》びを入れて金銀屋に戻るよう、何度も勧めたそうですが、啓太には啓太の意地もあったのでしょう、それだけは絶対に嫌だと言い、〝そんなことを言うおまえは俺ではなく、金銀屋の嫁になりたいんだろう？〟と陰険な嫌味を言われる始末でした。しかし、その後で〝悪かった、俺にはおまえしかいない〟と啓太が泣いて謝るので、二人の縁は続いていたようですが――」

「山崎様たちは啓太さんの死をどのように考えていらっしゃるのですか？」

「日頃から火消しに憧れていた啓太が深酔いのうえ、火の見櫓に上って自ら落ちて死んだとされています。袖《そで》の中からも、両親に宛《あ》てて、〃こんな息子ですみません――〃という書き出しの文が見つかっています。覚悟の自死です。だというのに、半狂乱になった金銀屋の主夫婦は、倅《せがれ》は殺されたんだと言い通していて、突き落としたのは、倅と情を交わしていた、お春に違いない、と言い募っているのです。お春は一緒になろうと言ったら、〃今はまだその時ではない〃と啓太に断られたなどとお調べの際に洩《も》らしてしまい、それが袖の下に弱い、不心得者の役人の口から両親の耳に入りました。ただし、高い所が苦手なお春は言うまでもなく、火の見櫓には並みの者では上れません。男のそれがしでも想っただけで眩暈《めまい》がしてきます。正直、奉行所をあげて、根も葉もない金銀屋の主夫婦の言い立てには困惑しています。がしかし、殺しと決めつけた金銀屋が惜しみなく袖の下を上に撒《ま》くので、山崎もそれがしも、このままでは無実の者が罪を着せられて捕縛され、処刑されるのではないかと気掛かりなのです」

信二郎はふうと重いため息をついた。

「それなら――」

ゆめ姫は目を閉じてみた。

火の見櫓から真っ逆さまに落ちていく若者の姿が見えた。ただし、ああああという恐怖の叫び声を上げている。咄嗟《とっさ》に両足を見た。下駄は履いていない。

「いかがでしたか？」

信二郎は姫が目を開くのを待ちかねて訊いた。

姫は見たままを告げて、

「下駄は火の見櫓の上にあったのでしょうか？」

飛び降りて自死する者は、その場に下駄を脱いで揃《そろ》えることが多い。

「ありませんでした。骸の近くにもありませんでした。足の裏が汚れていたので、深酔いしていた啓太は、裸足《はだし》で火の見櫓まで歩いたのではないかと思います」

――この場合、下駄は自死の決め手にはならないのだわ。だとしたら、お春さんではないにしろ、金銀屋の御両親の言う通り下手人がいるのかも――

姫は再び目を閉じてみたが、何も浮かんでは来なかった。

三

そこへ亀乃が大皿いっぱいのふくれまんじゅうを運んできた。

「これは美味《うま》そうだ」

信二郎が早速手を伸ばした。

「このあつあつを食べるのが醍醐味《だいごみ》なんですよ」

どちらかといえば酒よりも菓子が好きな信二郎は、ふくれまんじゅうに、ふうふう息を吹きつけながら一つ、また一つと堪能している。

ゆめ姫も信二郎と競うように、三つ目のふくれまんじゅうをほおばっていた。

「ゆめ殿、これは女子《おなご》のゆめ殿が知っておかねばならぬことなので、あえて申し上げようと思います」

亀乃が真顔で言った。

「まあ、何なのでございます？」

「ほかならない、このふくれまんじゅうのことですよ」

「この美味しいもののこと？」

「そうです。このふくれまんじゅうに入っている芋餡は、女子が食べると毒にもなるのです」

「毒と申しますと」

ゆめ姫は大きな菓子盆に盛られた四つ目に、勢いよく手を伸ばそうとして止《や》めた。

「太るのですよ、芋餡は女子を太らせると聞いています、このわたくしのように」

「太る――」

ゆめ姫はやや青ざめた。すらりとした自分の身体つきが気に入っている。

「太るのは困りますね」

ため息が洩れた。

――こんな美味しいものが太るだなんて――もう、食べるのを諦《あきら》めるほかはないのかしら？

太るか、食べるのを止めるか、真剣に思い悩んでいると、

「母上は太ってなどおられません」

信二郎が言い切った。

「いいえ、いいえ、わたくしは伊太郎という幼友達から教わったふくれまんじゅうを、食べ過ぎたゆえに、このようになってしまったのだと、殿様に言われ続けてきました」

亀乃は切なげに俯《うつむ》いた。

「何を馬鹿な――」

信二郎は憤然として、

「父上は冗談をおっしゃっているだけです。それにしてもよくない冗談です。女子が太るきっかけがあるのだとしたら、ふくれまんじゅうを食べ過ぎるからではありません、十月十日、お腹の中でふくれまんじゅうのように、我が子が育つのを待つからなのです。兄上に次いでそれがしもその一人。それがしは母上のふくれまんじゅうだったことを誇りに思います」

やや声を荒らげて言い切った。

――ふくれまんじゅうを身籠《みご》もった赤子に例えるなんて、言い得て妙、さすが信二郎様は戯作者だわ、戯作者ならではの凡庸ではない優しさの表し方――

ゆめ姫はほんの僅《わず》かではあったが、信二郎の内面の片鱗《へんりん》に触れたような気がした。

「まあ、この母をそんな風に思ってくれているなんて――」

顔を上げた亀乃の口元が緩んだ。

「ですから、この次、父上にお会いすることがありましたら、冗談が過ぎると必ず抗議しておきます」

「ありがとう。でも、そのようなことを殿様に申し上げてはなりません。傷つきますからね。あれで殿様もあなたとの長い間の歳月を埋めようと必死なのですから。この話、笑い話ということにいたしましょう」

亀乃は両の目尻《めじり》に笑い皺を作り、

「これだって、カラスの足跡ならぬ、梟《ふくろう》の足跡だなどとからかわれてばかり。たまには若い時のように、見え透いたお愛想でも言ってほしいものですけれど、殿様だって、お城のお役目にはお辛《つら》いものがおありで、屋敷内ではわたくし相手に憂《う》さを晴らしたいのでしょう。わたくしは先ほどのあなたの言葉で充分です」

ゆめ姫は、

――お城での辛いものの中にきっと、大奥やわらわのことも入ってるんだわ。じいにとっては、お城での辛いものが今は自分の屋敷にまで押しかけてきて――

やや複雑な気分に陥った。

「それではいただいて帰ります」

信二郎が残ったふくれまんじゅうが詰められた重箱を手に提げて帰って行くと、

「実は信二郎によいお話をいただいているのです。お相手は嫡男に恵まれず、ご長女の千《ち》絵《え》様に、是非とも然《しか》るべき筋から婿養子をと望まれている寺坂《てらさか》様です。寺坂様といえば、関《せき》ヶ原《はら》から続く名家で、八千石の大身ですから、当家にとっても、信二郎にとっても、申し分のない御縁です。この池本家の血筋を引いている信二郎を、いつまでも町与力の身分にしておきたくないと殿様はお考えです。といっても、武家の倣《なら》いで、次男の信二郎に池本家を継がせるわけにはまいりません。ですので、信二郎には相応の家柄にある旗本の婿になってほしいのですよ」

亀乃は弾んだ声で切りだした。

「でも、信二郎様は誰も奉行所与力の秋月家を継ぐ者がないから、秋月修太郎を名乗り、八丁堀にお住まいなのではありませんか？」

──信二郎様は奉行所与力にして戯作者、噺家でもある秋月修太郎に、並々ならず執心しているように見える。到底、じいや叔母上様たちに従うとは思えないわ──

「秋月家を絶やさずにおくのなら、信二郎も異存はないだろうと、殿様は四方八方手を尽くされて、秋月の縁につながる方を見つけ出したのです。それというのはね、あなたも御存じの方なのですよ、ゆめ殿。その上、信二郎とは昵懇《じっこん》の間柄。その方が秋月を継ぐとなれば信二郎も嫌とは言わず、池本へ戻ってくるだろうと殿様は仰せです」

「まさか、あのお方では？」

「そうです。あの町奉行所同心の山崎正重殿なのです。何でも秋月家の曾祖父《ひいじい》様の妹御の嫁ぎ先の姑《しゅうとめ》殿の弟御が、縁あって格下の山崎家に養子に入られたのだと聞きました。その方が山崎正重殿の高祖父に当たられるのです」

「それでは血縁はありませんね」

　ゆめ姫は知らずと信二郎の縁談に否定的になっていた。

「それを言うなら、信二郎と秋月家との間にも血のつながりはありませんよ。山崎殿の方は、いくらお手柄をあげてもなることのできない町与力になれるのですから、もはや断る理由はあるまいと、これも殿様のお言葉です」

　――信二郎様が他家に？　戯作者や噺家の一面、信二郎様のお心の裡に宿る、時に奇想天外なさまざまな夢まぼろしをもっと知りたかったというのに、これでもう叶わなくなるかもしれない――

「信二郎様はもう御存じなのですか？」

　姫は訊《き》かずにはいられなかった。

「いいえ、まだです。折を見て殿様が話されることでしょう」

　亀乃は満面の笑みを浮かべて、

「やっとこれでわたくしたち夫婦も、あの子が舐《な》めてきた辛酸に報いて、親らしいことをしてやれるのです」

　ふうと軽やかな吐息を洩らした。

　――信二郎様に代わる、秋月家の後継ぎを見つけ出すのも、寺坂様との縁談を進めるのも、じいや叔母上様はどれほど苦労をしたかしれないのですもの、ここは共に喜んでさしあげなければいけないのだけれど――

よかったですね、という言葉は口から出て来ず、

「寺坂様は信二郎様が戯作者や噺家として名を馳《は》せておられることは、ご承知なのでしょうか？」

やや意地の悪い物言いになった。

「それは、少々案じているのですよ。能楽や茶の湯、香道など、誰もが品位を認めているものならともかく、戯作や噺となると武士のたしなみとは言えませんからね。その話がお相手の耳にでも入って、嫌われなければよいのですが――」

「ところで叔母上様や叔父上《おじうえ》様は戯作や噺がお嫌いなのですか？」

「池本家は武家ですから――」

亀乃が苦しい受け答えをすると、

「わたくしは大好きです。お二人もそのはずです。実はわたくし、叔母上様が、下働きの者が買いもとめた草紙が風呂《ふろ》の焚口《たきぐち》に燃《く》べられる前に、人目を気にしながら拾い上げられていたのを見たことがあります。叔父上様がははと明るい笑いを洩らしつつ、お読みになっているところも目にしています」

ゆめ姫は攻めに転じて突き進んだ。

「知られていたのですね」

亀乃は困惑顔で、

「信二郎様が叔父上様と叔母上様のふくれまんじゅうであることをお忘れなく」

思わずゆめ姫が口走ったこの言葉に、

「まあ、何と大胆な──」

顔を赤らめ、

「戯作者であり、噺家である信二郎様もまた、お二人の御血筋ゆえなのです。どんなによい御縁談でも、お相手が信二郎様の戯作や噺に理解がなければ、決してお幸せにはなれないと思います」

さらにゆめ姫はきっぱりと言い切ったものの、

──こういうのをもしかして、嫉妬《しっと》のこじつけ、あるいは人の不幸狙《ねら》いというのかもしれない──

気分はそうよくなかった。

──寺坂家に信二郎様がいらっしゃれば、もう、お会いはできなくなるけれど、寺坂家八千石の当主となれば、叔父上様、叔母上様にとって何よりの孝養になるわ。信二郎様の戯作や噺の大元が家督を継ぐことを断念せざるを得なかった時の止むに止まれぬ事情ゆえで、日々の暮らしのためだったことを忘れてはならないわ──

そこで、ゆめ姫はほんの一瞬、まばたきしてみた。すると、奥方の後ろ姿と、生まれたばかりの我が子を抱いて、にこにこと笑っている信二郎の姿が見えた。

──寺坂家の当主になれば、それなりの自覚を持って、大勢の家臣にかしずかれ、奥方様とやがて生まれてくる我が子を守り、幸せに包まれて平穏に暮らすことができる。そうなれば、戯作や噺がそれほど大事ではなくなるのかも——

ゆめ姫の心には安堵《あんど》と寂しさが入り混じっていて、

「蔭《かげ》ながらよい御縁となることを祈っております」

はじめてここで信二郎にもたらされた縁談を喜ぶ言葉が出た。

「ありがとう」

亀乃は頷《うなず》いて微笑んだ。

四

しかし、この後、すぐに、

「それと、これ、どうしても気にかかって仕様がないのですよ——」

亀乃は笑顔を消した。

「何でしょう？」

「伊太郎さんを夢で見たこと。あの夢と今回の寺坂様とのことは関わりがあるのではないかと——。吉夢であってほしいのですけれど、あなたが先ほど案じていたように、凶夢であるのではないかと——」

——叔母上様は信二郎様の先行きの幸せをここまで思い詰めていらしたのね、おそらく想いはじいも同じでしょう——

「もしや、叔母上様は伊太郎さんが御存命で、信二郎様の縁談に関わって、何か大事なことを伝えようとなさっているのではないかと、お思いなのでは？」

「そうなのです。ゆめ殿、何とか、あなたのお力で伊太郎さんに訊いてみてはいただけませんか？　この通りです」

亀乃は頭《こうべ》を垂れた。

「わかりました。叔母上様がお気にされている伊太郎さんのこと、わたくしに調べさせてくださいい。伊太郎さんが手にしていたものなど、ございましたら、お持ちいただけるとよろしいのですが――夢の中でお会いしやすくなるのです」

「何しろ、お別れしたのが幼い、遠き日のことですからね、何一つ残ってはいないのですよ」

亀乃は残念そうに小さく吐息をついた。

「そうでしたね」

相づちを打ったゆめ姫は、

――これでは伊太郎さんの夢を見ることはできないかもしれないわ――

知らずとやや難しい表情になっていた。

「これはお役に立つかどうか、わからないことなのですけれど、わたくし、伊太郎さんが攫われてから、ずっと毎年、たった一度だけ、攫われた日が近づくと伊太郎さんの夢を見るのです。ただし、その夢の中の伊太郎さんは、別れた当時のままで幼く、いつも、ふくれまんじゅうを両手に持って、むしゃむしゃ食べているのです。ですから、攫われた日と関わりなく、年を重ねた伊太郎さんが突然、夢に出てきて、びっくりしたのです」

――そうだとすると、たしかに伊太郎さんは何か大事なことを、叔母上様に伝えたいのかもしれない。ふくれまんじゅうが信二郎様だとしたら、むしゃむしゃ食べられてしまうのは、信二郎様の身に何か悪いことが起きるとでも? けれど、それは伊太郎さんがいなくなってから、叔母上様がずっと見てこられた夢よね。大人の伊太郎さんはふくれまんじゅうとは無縁だった。これは、いったい、どういうこと?――

ゆめ姫もまた思い詰めた。

「無理なお願いをしてしまいました、ごめんなさい。この話は忘れてください。霊と話すこともあるあなたの夢は、とてもお疲れになるものでしょう? 大事なお役目を務めているあなたに、こちらの勝手なお願いなどをしたことがわかったら、それこそ、殿様に叱《しか》られてしまいます」

亀乃はそう言って何度も首を横に振った。

この夜、ゆめ姫は伊太郎の夢を見た。

十歳前後の女の子と男の子が柿《かき》の木の下に立っている。

「ほんとうに登るの?」

女の子が訊いた。ふっくらとあどけない顔に不安がよぎった。

――少女だった頃の叔母上様だわ――

「うん」

男の子は任せておけとばかりに笑顔を向けた。亀乃から聞いていた通り、がっしりとした身体つきで色が浅黒く、白い歯並びがまぶしい。

――伊太郎さんね、大人になったら、さぞかしよい男ぶりになるでしょう。ただし、叔母上様の夢に出てきた方とは多少、印象が違うような気がするけれど――。ああ、でも、男女の別なく、大人になった時、子どもだった頃とは、がらりと変わった姿になる人は幾らでもいるわ――

「大丈夫かしら？」

「大丈夫だよ」

少女の亀乃は伊太郎と、高い柿の木を見上げた。

「でも」

「甘柿、食べたくないの？」

「そりゃあ、食べたいけれど」

「この甘柿は美味くて美味くて、食べ出したらきっと止まんねえよ」

そう言って、伊太郎がするすると柿の木を登りはじめたところで、ゆめ姫は目を覚ました。

この話をそっと亀乃にすると、

「あら、まあ、そんなことまで、あなたの夢に？　でも、なつかしい」

「覚えていますよ、実家の裏庭で柿の実を取って、伊太郎さんと食べたことを――。実家には柿の木が何本かあったのですけれど、一番高い柿の木の実は取らなかったのです。食いしん坊のわたくしは、その木の実が甘柿だって信じ込んでいましたから、とても残念で――。ほかの柿の木は全部渋柿でしたから、もいでも干し柿にするしかなくて、甘柿を生で食べたかったのです。わたくしの話を聞いた伊太郎さんは、意気込んで登ってもいでくれました。たしかに甘柿でその美味しかったことといったら――」

――でも、夢に出て来たのが柿では、信二郎様自身が叔母上様のふくれまんじゅうだとしても、叔母上様の見てきたというふくれまんじゅうの夢とは重ならない。信二郎様と伊太郎さんの夢は関わりがないのかも――

「ふくれまんじゅうをご一緒に召し上がったことは？」

念のため、ゆめ姫は訊いた。

「ありますよ、もちろん」

「夢に出てきたことは？」

「ありません」

「柿をもいだ夢は？」

「そうですねえ」

亀乃はしばらく手を額に当てていて、

「忘れてしまったのかもしれないけれど、思い出せませんね」

――どうして、わらわの夢にだけ、ふくれまんじゅうではなく、柿が出てくるのかしら？――


何日か過ぎて、山崎正重が池本家のゆめ姫の元を訪れた。

お役目とはいえ憧《あこが》れの相手と会えるとあって、山崎は額の汗を何度も拭《ぬぐ》いながら、

「ゆめ殿に、お調べいただきたいことがあるのです」

火の見櫓から落ちて死んだ啓太についての話の続きをした。啓太には手習い所で知り合った鳶《とび》の息子の順吉《じゅんきち》という幼友達がいて、共に火消しを目指していたのだという。

「この順吉が啓太の通夜《つや》、野辺《のべ》送《おく》りにも姿を見せず、金銀屋の主夫婦はお春に疑いを向けた次は、順吉が怪しいと言い出しているのです。ただし、いくら火消しの数が決められているとはいえ、順吉の方は祖父の代から火消しと鳶を兼ねているので、順吉の競争心が過ぎて啓太を突き落としたとは到底思えません。そもそも酒浸りになっていた啓太を競争相手とは見なすはずもないのです。けれどもあの両親ときたら、言い出したらきかず――」

山崎は苦慮していた。

「秋月様はどのようにおっしゃっておいでですか？」

「そこが解せません」

山崎は怒り気味に太い眉《まゆ》を上げて、

「秋月様は順吉が親友であるならば、啓太の通夜や野辺送りに来ないのはおかしいと申されるのです。啓太が死んだ夜、どこでどうしていたのか、まずは順吉を調べるようにと申されました」

「秋月様と山崎様のお考えは違うのですね」

「たしかに同じ町人でも、大店の金銀屋は金持ちで、順吉は長屋住まいです。とはいえ、順吉のところは、祖父の代から火消しだったということで、皆の敬意が払われてきていま す。曖昧《あいまい》な疑いだけで順吉を調べたりしたら、この先、市中の者たちとのつきあいがしづらくなるのです。与力職の秋月様には同心である我らの苦労がわかっておられないのです」

山崎は河豚《ふぐ》のように、四角い顔の丸い頬《ほお》をぷっと膨らませた。

——信二郎様が寺坂家の千絵様と結ばれれば、この方も秋月姓を名乗って与力になるのね。でも、それを心《しん》からお望みなのかしら?——

「我ら同心は下級の士分ながら、宵越しの金を持ちたくても持てない、多くの町人たちと共にあるのです」

こうも山崎は言い切った。

「では、わたくしに何をお望みなのですか?」

ゆめ姫は単刀直入に訊いた。

「啓太が火の見櫓から落ちる寸前の夢をみてはいただけないものかと——」

山崎は姫の夢力をはっきりと信じているわけではなかったが、藁《わら》にも縋《すが》る思いだった。

「残念ながらこれと限って、夢を見ることはできません」

姫はやや苦い顔になった。

「そこを何とか――この通り」

山崎は畳に両手を突いて頭を垂れた。

「御期待に添えないかもしれませんが、努力はしてみます」

この夜、夢に出てきたのは瘦《や》せ型ではあったが、筋肉質の順吉だった。名乗った後、姫に向かって話しかけてきた。

〝当初は苦しくて、苦しくて通夜にも野辺送りにも行けなかった。そのうち、悲しくなってきて、もう、胸が張り裂けそうなんだ。だって、啓太を殺したのは俺なんだから〟

順吉は涙に濡《ぬ》れた顔で縋るようにこちらを見つめている。

五

この後、ゆめ姫の夢はあの柿の木のある風景になった。

地面の土が遥《はる》か下に見えるのは、ゆめ姫が高い柿の木に登っているからであった。

――何でわらわなの？――

城の庭には見事な柿の木が何本もあったが、さすがの姫も木登りまではしなかった。

〝ゆめ殿ぉ――〟

下で呼ぶ声には聞き覚えがあったが、常よりはやや甲高い。

――でも、これ、叔母上様と伊太郎さんの思い出のはず――

〝こわーい、助けて〟

これは自分の声であった。

〝今助けに行くから、それまで、しっかり、木につかまっていて〟

〝早くー〟

風が吹いて振り落とされそうになったが、汗ばむほど懸命に木にしがみついていると、大人の大きな背中が向けられた。

〝ほら、ここに乗って〟

その声はもう甲高くない。

ほどなく土が見えてきて、乗っていた背中から下りると、やっと相手の顔が見えた。

〝ゆめ殿、よかったですね〟

相手はにっこりと笑い、

「慶斉《よしなり》様――」

ゆめ姫は叫んで飛び起きた。

――どうして、順吉さんと関わって慶斉様を夢に見るのだろう？――

思いつくのは、当時、慶斉の一橋《ひとつばし》家で飼われていた猫が起こした騒動であった。

猫には高所好きと茂み好きの二通りがいる。慶斉が可愛《かわい》がっていたこの雌猫は茂み好きの地面派だったが、惹《ひ》かれて口にしてしまったマタタビに酔い、普段は敬遠している高い柿の木に登ったのはいいが、下りられなくなってしまった。枝の上で縮こまって震え続けていたので、家臣たちは梯子をかけたり、植木職や鳶を呼んだりと大騒動になったのである。

――本音を言うと、わらわも慶斉様も一度は木登りをしたいと思っていたわ。としたら、あの時の猫に託して慶斉様がおっしゃりたかったのは、高い所に登れば猫とて落ちて命を落としかねない。ゆえに酔っていた啓太さんは、覚悟の身投げでも、殺しでもなく、火の見櫓からただ間違って落ちた‼――

慶斉からの暗示を解いたゆめ姫は、夜の明けるのを待ちかねて、信二郎の住まう八丁堀へと裏門から抜け出して走った。

ことの次第を話すと、

「それならばすぐに順吉に話を訊かねばなりません」

信二郎は身支度を調え、ゆめ姫と一緒に順吉の長屋へと向かった。

「わたくしの夢の中で順吉さんが殺しを認めても、それが真実の一面ではあっても、真実そのものとは限りません。それとあの――」

ゆめ姫が山崎の危惧《きぐ》を口にすると、

「わかっています。とりあえずは番屋でも、家族の前でもなく、順吉の長屋近くで話を訊くつもりです」

こうして二人が順吉のところを訪ねると、

「お迎えですね」

眠らずに夜を明かした証の赤い目の順吉が、気配を感じて外に出てきた。

近くの稲荷《いなり》まで歩き、お堂の中で話を訊くことになった。

「昨日の夜、ほんの一瞬、うとうとしかけた時にあんたの夢を見たよ」

順吉は夢の中の姫を覚えていた。

「続きを話してください」

ゆめ姫は微笑んで促した。

「啓太に火消しになりたいなんて思わせたのは俺なんだよ。俺は子どもの頃から、ずっと、何かというと、祖父《じい》ちゃんやおやじの自慢話をしてた。格好いい火消しはお江戸の花だもん、啓太は目を輝かしてすぐその気になった。今にしてみりゃ、俺、心のどっかであいつんとこがお大尽《だいじん》なのをやっかんでたのかもしんねえ。とにかく、粥《かゆ》を啜《すす》ることはあっても、主一家の飯には金銀が入ってるっていう噂のおまえんとこより、火消しの俺んとこの方がいいんだって言いたかった。今まで生きてきて、尾頭付きの鯛《たい》なんてただの一度も食ったことがない。なのに、啓太は鯛にも引けを取らないほど高いカステーラの話なんか、さらっとするんで、悪気はないとわかっちゃいるんだが面白くなかったんだ」

「そうだろうな、その気持ち、よくわかる」

信二郎は大きく頷いた。

――攫われて育った信二郎様にもきっと、辛い経験がおありなのだわ――

　順吉の話は続けられた。

「二人してよく火の見櫓を見に行ったたな。そん時は俺もあいつも心底、火消しになりたいって思ったはずだ。あの半鐘の音から火消しの人助けがはじまるんだと思うと、わくわくしたぜ。だから、あの夜、そこでなら、啓太に説教ができると思ったんだ。それで火の見櫓まで呼び出した。本気で火消しになりてえんなら、酒を断って、汗を流す仕事に戻って鍛え直せって――。いずれ金銀屋の後を継ぐんだって、今のままじゃ駄目だって、俺、本気であいつのこと案じてたんだよ、嘘《うそ》じゃねえ」

「わかっています」

　今度は姫が相づちを打った。

「なのに、あいつ、俺が約束した刻限きっちりに行ったら、もう火の見櫓に上ってた。身体が揺れてるんで酒を飲んでるとわかった。急いで俺も梯子を上ったよ。あと、上まで二、三段だってとこで話を始めた。するとべろべろだったあいつはもう聞く耳持たずで、〝焔《ほのお》が見える、見える。俺は飛べる火消しだ、さあ、今から鳴らすぞ、見ていろ〟なんて言って、半鐘に飛びつくようにして落ちてった。あっという間のことだったよ」

「それではおまえが殺したことにはなるまい」

　信二郎の言葉に、

「そうは言っても、あいつを火消しになりたがらせたのも、あそこへ呼び出したのも俺だからね。殺したのと同じだよ。それに俺、あん時――」

順吉は口籠《くちご》もって俯いた。

「何だ？　何があった？　包み隠さず申せ」

信二郎はここぞとばかりに強い口調になった。

「俺、俺――」

絶句した順吉の目から涙が溢《あふ》れた。

その刹那《せつな》、自然と瞬きしたゆめ姫は、襤褸《ぼろ》を着た髭面《ひげづら》の男が、啓太の骸《むくろ》に屈《かが》み込んで懐を探っている様子が見えた。そして、それを目にしながら、止めずに走り去っていく順吉の後ろ姿――。

「俺、梯子を下りて、倒れてる啓太に近寄ろうとした。そしたら、先に物乞いみてえな男が啓太のそばで屈み込んでて、銀細工の象の根付けが付いた印伝革の財布を抜き取ってた。それを見て俺は咄嗟に逃げた。そいつの顔が怖かったんだよ。だとしても、倒れてる啓太を見捨てるなんて、俺は自分が許せない。もし、お上に訊かれるようなことがあったら、罪を認めるつもりでいた」

順吉はそう告げて、両腕を合わせて信二郎に向け、頭を垂れた。

「わかった。ただし、その身体、しばらく預からせて貰おう」

信二郎はそう言い渡すと、

「池本の屋敷でしばらくこいつを預かって貰うことにします。放《ほう》っておくと、自分を責め続けて自害しないとも限りませんから」

ゆめ姫に耳打ちした。

この後、信二郎はこの話を山崎に伝え、市中の質屋並びに骨董屋《こっとう》に、銀細工の象の根付けがついた贅沢《ぜいたく》な印伝革の財布を探させた。

勘当された身で酒に溺《おぼ》れていた啓太は、母親からの小遣いもすぐに使い果たし、財布に銭は大して残っていなかったはずだと信二郎は考えた。

「ならば、すぐにその財布を売って金に替えようとするはずだ」

奉行所役人たちが総出で、物乞いが掠《かす》め取った財布探しに奔走した結果、神田《かんだ》三河町《みかわちょう》の質屋高田屋《たかだや》で見つかった。

高田屋の主は、

「やはり、よからぬ筋のものでしたか。しかし、悪いことはできぬものですな。その日はちょうどお大名様方が登城なさる日でした。てまえどもにあの財布を売った後、通りに出たその物乞いは、通りかかった馬の一頭に蹴《け》られて死んでしまったんです。すると、別の物乞いが骸の懐や袖を探って、財布の代金をせしめていき、骸は掘物師《すえものし》行きとなりました」

市中で見つかる名も正体もわからない骸は、平川町の掘物師のところへ集められる。ちなみに掘物師は骸を使った様斬《ためしぎり》や、刀の真贋《しんがん》を見極める他に、状態のいい胆《きも》（胆嚢《たんのう》）を干して砕き、油と混ぜて煉り上げ万能薬として売っていた。

主のこの言葉を聞いた信二郎は、

「すぐに平川町へ」

据物師のところへ高田屋の主とともに山崎たちを急がせ、骸となった物乞いを奉行所へ運ぶと、啓太の両親である金銀屋の主夫婦を呼んで、

「この者が息子殺しの張本人である」

声高に告げて、順吉の話を一部変えて経緯《いきさつ》を伝えた。順吉の名は一言も口に出さなかった。

これを聞いた金銀屋のお内儀《かみ》は、

「ありがとうございます、これでやっと殺された息子も浮かばれます。骸とはいえ憎き奴、どうか、八つ裂きにして晒《さら》してください」

はじめて得心した様子になった。

六

こうした顚末《てんまつ》を経て、ゆめ姫は初めて夢の中で啓太に語りかけることができた。啓太は穏やかな様子で、

〝俺のことで思い詰めないよう、順吉に言ってやってください。火消しになろうとしたのは順吉のせいじゃないし、うっかり、酔った弾みでこっちへ来てしまったけど、こっちもなかなかいいもんだって。鬼こそいないけど、始終、山も川も火事で、火消しの仕事はや

り甲斐《がい》があるんですよ。順吉には一足先にこっちで待ってるからって。でも、目一杯、そっちで火消しに励んでから来いよって――〟

姫に言伝《ことづて》を頼んできた。

池本家から長屋に戻された順吉は、これを聞いて、やっと鬱々《うつうつ》と滅入《めい》った気分から解放されて、

「いつかあの世で啓太と会った時、火消し勝負で引けをとらないよう、俺も頑張らなきゃいけねえな」

ほっと安堵のため息をついた。

一方、何日か沈んだ様子だった亀乃が、

「実は殿様が信二郎に寺坂様とのことをお話しされたのですが、断られてしまったのです。信二郎はこう申しました。〝それがしが秋月修太郎であり続けたいのは、秋月家と亡き養父母への義理立てだけが理由ではありません。奉行所与力という江戸の町と人を守る職にありつつ、戯作を書き、時に高座にものぼって、人々に楽しい笑いを感じてほしいからなのです。秋月修太郎でいなければそれがしの生き甲斐は無きに等しいと言えましょう。それがしが秋月修太郎として秋月家で過ごした歳月は、将軍家側用人池本方忠の次男信二郎として成長できた日々と比べても、少しも不幸などではないのです。それゆえ、父上、母上の親心は大変有り難いのですが、従うことはできないのです〟と。信二郎の答えを聞いて、殿様とわたくしは大変気落ちしましたが、それ以上に、信二郎の来《こ》し方《かた》に同情めいた

気持ちを抱いていて、あの子を傷つけてしまったのではないかと心が責められています。わたくしたちにとっては失ったあの子との歳月であっても、あの子には得るものが多かった月日なのだとわかりました。子の成長は親の尺度では計れぬものなのですね。こういうのを世間では要らぬ節介とでもいうのでしょう。わたくしと殿様と互いに、〝父馬鹿〟、〝母馬鹿〟と嘲《あざけ》り合い、仕舞いには泣きながら笑ってしまいました」

意外にもさばさばと明るい口調でゆめ姫に告げた。姫はこれを、

――今までじいたちと啓太さんの両親《ふたおや》を比べてみたことはなかったけれど、根っこにあるのは親馬鹿ぶりで同じなのかもしれない。〝放っといてくれ〟と言う子どもにしてみれば、〝子を持って知る親の恩〟でも、親の方はたとえ馬鹿と誹《そし》られても、ただただ子の幸せに自分の幸せを重ねて祈るばかりなのね。父上様がわらわの我《わ》が儘《まま》をきいてくださっているのも、大馬鹿な親心なのだもの、有り難く思わなくては――

しおらしい気持ちで受け止めた。

また、信二郎もこの話を、

「あなたの夢に出てきてわかるよりは――」

苦く笑って、前置きしてからゆめ姫に打ち明けた。

「血縁とわかっているからこそ言えたことですよ。血の絆《きずな》に甘えた断りです。これがただの町与力のそれがしに、上様の御側用人様が縁組みをお命じになり、断ったとなればまさにこれものですから」

信二郎は真顔で首に手刀をあてる仕種《しぐさ》をした。

「まだ、何かお悩みがあるのですか？」

信二郎の顔が晴れていないのにゆめ姫は気づいた。

「勝手を通して、お二人、いえ、父上、母上のお心を傷つけたのではないかと気掛かりで——」

「叔父上様、叔母上様との絆を深めたいお気持ちならば、手伝っていただきたいことがあります」

姫は亀乃の夢に出てくる、気がかりな伊太郎の話をした。

「実は秋月の家では下働きのばあやが長崎出の人と親しくしていて、よくふくれまんじゅうをつくって食べさせてくれました。子どもの頃のことであり、もうばあやはとっくにこの世におりませんから、ふくれまんじゅうとはずっとご無沙汰《ぶさた》でした。ところが母上がつくってくださる何日か前、ふくれまんじゅうの夢を見たのです。ただし、夢の中で食べていたのはそれがしでしたが、子どもではありませんでした」

——まあ、何と予知夢だわ——

ゆめ姫は驚き、信二郎は話を続けた。

「それで、母上がふくれまんじゅうを皿に盛って座敷に入ってきた時は、内心、とても驚きました。昔、食べたふくれまんじゅうとそっくりな形で、黒砂糖入りの芋餡の味まで同じだったからです。なるほど、母上の方はふくれまんじゅうを教えてくれた伊太郎さんが立派になっていた夢を見ていて、ふくれまんじゅうをつくろうと思い立ったのですね。だとすると、それがしと母上はふくれまんじゅうと関わった絆があり、伊太郎さんの夢の謎《なぞ》を解くのはそれがしの役目なのかもしれません」

信二郎は言い切った。

――まさか、伊太郎さんの夢を叔母上様が今回の縁談と重ねて、案じていたなどとは言えないけれど、信二郎様も加わって、謎を解いてさしあげれば、きっと叔母上様もお喜びになる――

「ところで、ゆめ殿はいつものように、伊太郎さんの夢を見ましたか？」

「ええ、でも、夢の中の伊太郎さんは幼くて、叔母上様と柿の木に登ろうとしておいででした。わたくしの夢にふくれまんじゅうは出てこないのです」

姫は首をかしげた。

「柿は秋のものですからね」

信二郎も腕組みして、うーんと考え込んでしまった。

この夜、ゆめ姫は伊太郎の夢を見た。たぶん、亀乃が見たのと同じ伊太郎に違いない。恰幅《かっぷく》のいい大きな身体で上物の大島紬《おおしまつむぎ》をりゅうと着こなしている。粋《いき》というよりも典雅な印象であった。額に刻まれた皺も、鬢《びん》に白いものが混じっているのも、果敢に艱難辛苦《かんなんしんく》を乗り越えてきた勲章のように見えた。

やや分厚い唇には人情味が感じられ、知的で深みのある目の色をしている。

おられる――たしかに子どもの時とは違ってしまっているけれど、素敵なお年の取り方をされて

しばらく見惚れていたが、はっと気がついて、伊太郎が背にしている暖簾《のれん》を見た。

〝塩梅屋《あんばいや》〟と染め抜かれている。

――叔母上様がごらんになったのとは違っている――

なぜだろうと思った時、目が覚めた。

――とにかく、夢に出てきた伊太郎さんを描《か》いておかなくては――

ゆめ姫は文机《ふづくえ》に向かった。

――普段、上手《うま》く絵など描けないのだけれど――

こういう場合に限って、姫は巧みな似顔絵を描くことができるのであった。筆がするすると摩訶《まか》不思議《ふしぎ》に動いていく。

――よく出来ているわ――

自分が描いた絵とは思えぬほどの出来映えだったが、

――でも、子どもの頃とはあまり似ていないのね――

またしてもそう思った。柿の木に登っていた伊太郎を思い出していた。子どもの頃の敏《びん》捷《しょう》そのものの感じは消えて、はっきりした目鼻口には、洗練された精悍《せいかん》さが漲《みなぎ》っている。

ゆめ姫は早速八丁堀へと出向いて、信二郎に絵を渡し、この話をした。

「それなら母上の夢に出てきた深川の瑞兆と、塩梅屋という店の両方を訪ねてみましょう。

瑞兆は有名ですが、塩梅屋となると、どこにあるか、見当もつきませんから、山崎に聞いてから行ってみることにします」

——それにしても、どうして、わらわと信二郎様は叔母上様の夢に関わることができたのかしら？——

ずっと考えていて、

——そうだわ、すべてはふくれまんじゅうにあるのだわ——

ゆめ姫はやっと気がついた。

——伊太郎さんはふくれまんじゅうを通してしか、自分の想《おも》いを伝えることができずにいるに違いないわ。叔母上様や信二郎様は、今まで、何度もふくれまんじゅうを食べてきておられる。だから、伊太郎さんは、叔母上様や信二郎様にふくれまんじゅうの夢を見せることができた。そして、自分のことを知っていて、幼き日への想いが深い叔母上様には、年を経た姿さえ見せた。叔母上様と信二郎様は母子《おやこ》で血の絆がおありになるけど、わらわは他人。そのうえ、芋餡は太ると聞き、ふくれまんじゅうを食べるのに躊躇してしまったのですもの、とうてい伊太郎さんの想いは伝わってくるはずもなく、ふくれまんじゅうの夢を見ることはできなかった。けれども、わらわには力があり、その力の上に、叔母上様や信二郎様の話が重なって、今、伊太郎さんの想いを受けとめようとしているのだわ——

七

――でも、どうして慶斉様までこれに関わられるのだろう――

ゆめ姫は柿の木に登って下りられなくなった夢を思い出していた。知らずと目を閉じていると、

〝あなたほどではないにしろ、わたしにも力があるのですが〟

慶斉の声が聞こえてきた。

〝もっともわたしの好きなのは、とろりと熟した柿なのですけれどね。将軍家側用人池本方忠の妻女亀乃も、たいそうな柿好きだったので、柿つながりで、あなた方の夢に割り込むことができたのです。わたしはこの間、子どもたちと一緒に柿を食べている夢を見ました。木に登って柿をもいだりして、市井の子どもたちと楽しく遊ぶことが、ずっとわたしの憧れだったのです〟

声だけが聞こえていて姿は見えない。

〝どんな子どもたちです？〟

咄嗟にゆめ姫は訊いた。

〝幼かった頃のわたしと見たことのない子どもたちでした。着ているものから見て、町人の子どもたちでした〟

〝子どもたちは何人？〟

〝わたしを入れて五人〟

〝様子は？〟

〝楽しそうでしたよ、みんな。わたしもですが、美味しそうに柿にかぶりついている夢です〟

〝皆様で柿の実を食べていたのはどんなところでした？〟

〝柿の木の下ではなかったと思います〟

〝部屋の外ではなかったのですか？〟

〝空は見えなかったような気がします〟

慶斉の声はそこでぷっつりと途切れた。

――何としても伊太郎さんがどうしていたかを知りたい。叔母上様は美味しそうにふくれまんじゅうを食べている伊太郎さんの夢を、年に一度見てきていて、そのたびにつくっていたというのだから、当然、総一郎様もじいもこれを食べていたはず。二人は大人になっている伊太郎さんの夢と関わって、何か手掛かりになる夢を見ているかもしれない――

まずは剣術の稽古《けいこ》から戻って来た総一郎に訊いてみると、

「ふくれまんじゅう？　何かの行事でもないのに、年に一度、我が家の膳に上る、あの甘酒と芋の匂いのする、やけにふくれた饅頭《まんじゅう》のことですか？」

困惑顔で念を押され、そうだと頷くと、

「焼酎《しょうちゅう》嫌いなわたしは酒と芋が混じったあの味が苦手なのですよ。母上には黙っていてほしいのですが、後で食べる、と偽って紙に包んで部屋に持ち帰り、どうやらこれが好物らしい近隣の飼い犬に食べさせてきたのです」

総一郎は改めて人差し指を唇に当てた。

次に、姫は方忠が下城するのを待って、そっと耳打ちした。

「訊きたいことがあります。この後、池で――」

こうして、二人は春の夕暮れ時、鯉《こい》が放たれている池の縁《ふち》に立った。鯉たちに与える餌《えさ》袋《ぶくろ》を手にしているので、一見は餌やりに興じているように見える。

「じい、最近ふくれまんじゅうの夢は見ませんでしたか？」

姫は単刀直入に斬《き》り込んだ。

「年齢《とし》のせいですかな、物覚えが悪くてなりません、ましてや、夢などと言われると――」

方忠は頭を抱えて、応《こた》えをはぐらかした。役目柄、方忠には、どんな問いにも決して真っ正直に応えないという習性があった。

「じい、これは大権現様から命じられたわらわの仕事なのですよ」

姫が家康の名を口にしてはったりを噛《か》ますと、

「そ、そうでございましたか」

あわてた方忠は八の字に眉を寄せて、額に脂汗を滲《にじ》ませた。これについては、はぐらかす習性ゆえではなく、本当にすぐには思い出せずにいたのだったが、

「思い出しました、あれは不思議な夢でした」

やっと太い安堵のため息をついた。

「どんな？」

「今は亡き阿蘭陀屋の主が、白髪まじりの頭でふくれまんじゅうを食べているのですが、これが何とも不味《まず》そうなのです。顔をしかめていました。唐物屋の阿蘭陀屋は当家にも出入りしていたので、顔はよく見知っていたのですが、なにゆえに今、ふくれまんじゅうと一緒に夢に出てくるのか、さっぱりわかりませんでした」

「今は亡きって、阿蘭陀屋さんは亡くなってしまっているのですか」

「ええ。当時、すでに年配でしたので、天寿を全うできたとしても、生きていることはないでしょう。もう何十年も前のことだと聞き及んでおりますが、何でも、密貿易の疑いをかけられて自害して果て、その後、阿蘭陀屋は店仕舞いとなりました」

「夢に見た阿蘭陀屋さんが居たのが何処《どこ》かわかりますか」

「向島《むこうじま》の寮に間違いないでしょう。後ろに見事なしだれ柳が見えていましたから。阿蘭陀屋の寮があったあのあたりは、風情のあるしだれ柳で知られているのです」

——大人の伊太郎さんが叔母上様の夢に出てきたのには、きっと伊太郎さんの養い親である阿蘭陀屋さんも関わっている——

「よく思い出してくれましたね、ありがとう、礼を言います」

池に方忠を残して、ゆめ姫は裏庭へと足を向けた。

——いつものように、銀杏《いちょう》の根元に座れば、夜になるのを待つまでもなく、白昼夢を見ることができるかもしれない——

銀杏の根元に腰を下ろして、静かに目を閉じた。漆黒の闇《やみ》が白い光に変わり、やがて、姫は厨の中に見も知らぬ子どもたちと一緒にいた。

咄嗟に子どもの人数を数えた。

一人、二人、三人。

――慶斉様の夢では慶斉様を入れて五人、入れなければ四人、あれ、数が合わないわ、どうして？――

〝べとべと、べとべとお化けだぞおー〟

一番幼げに見える一人が、粉だらけの両手を突き出して見せた。

〝こっちは、といも忍びの術〟

如何《いか》にも敏捷そうなもう一人が、手にしている細長いといもを、目まぐるしく放り投げている。

〝何やってるんだよ、こっちは湯煙地獄で待ってるんだぞ〟

火を熾《おこ》した竈の前に居た三人目は、

〝仕様がないなあ〟

粉を煉るのを手伝った後、てきぱきと芋餡のための皮剝きに移った。

――たぶん、これが伊太郎さん――

三人目の子どもの顔は、少女の亀乃と一緒に柿の実を取ろうとしていた、あの色黒の伊太郎にそっくりである。

〝すごいね〟

二人の子どもたちは伊太郎の手さばきを惚《ほ》れ惚《ぼ》れと見て感心している。

〝いつ見ても上手いなあ〟

〝比べて俺たちはさっぱり上手くならないな〟

〝だってさ、俺たち、あの時のままだもの――〟

そこで二人は話を止め、伊太郎は黙々と手を動かして、剝き終わったといもを鍋に入れた。

笑っていた伊太郎の顔が泣きそうに見える。

〝あの伊太郎さん――〟

ゆめ姫は話しかけてみた。

〝あんた、まさか、岡野《おかの》の亀乃お嬢様じゃ――〟

伊太郎は姫を凝視したが、

〝でも、この世では十年どころじゃない、もう気の遠くなるほどの時が経《た》ってるはず。いつまでも、お嬢様であるわけないよね〟

泣きかけた顔の頰を抓り、首を何度も横に振った。

〝そうではないのですけれど――〟

ゆめ姫は今までの経緯《いきさつ》を話して聞かせた。

〝わたくしで出来ることがあるなら、何なりと言ってください〟

〝わかった〟

頷いた伊太郎は、

〝その前にこの二人に名を訊いてやってくれ。俺のせいで、親と別れてからずっと誰《だれ》も名を訊いちゃ、くれなかったはずだから〟

〝わかりました〟

微笑んだ姫は、

〝名は何というのかしら〟

優しく訊いた。

するとと幼げな方は、

〝おいら、いさご長屋の恭助《きようすけ》〟

敏捷そうな方は、

〝俺は五郎太《ごろうた》長屋の新吉《しんきち》〟

どちらも張り切ってうれしそうに自分の名を口にした。

〝よかった、おいらたちのことをまだ、気にかけてくれてる人がいて〟

恭助は目を潤ませ、

〝有り難てえよ〟

新吉は泣くまいと歯を食いしばった。

〝亀乃お嬢様におまえたちのことを伝えようとしたのは俺だよ〟

伊太郎は話し始めた。

〝阿蘭陀屋は裏で唐物屋とは別の仕事をしていた。密貿易なんてのは序の口だよ。世の中のお金持ちは暇を持て余してるから、いろんな無理なことを思いついて、内緒で楽しもうとするんだ。そんな楽しみのために阿蘭陀屋は動いて、目の玉が飛び出るような手間賃を取ってた。そりゃあ、そうだよね、お上に知れたら首が飛ぶんだから。そんな阿蘭陀屋の頼まれ事の一つが、馬競走だった〟

八

〝馬競走？〟

姫は聞いたことがなかった。

〝馬を走らせて競う博打《ばくち》だよ。お上は認めていない。だから、こっそりどっかの馬場か野っ原でやっていた。好きな連中はいろいろ試しているうちに、馬が人を振り落とすまで走らせてみたい、そういう趣向を思いついたんだ〟

〝けれど、慣れた乗り手なら振り落とされることはないでしょう〟

ゆめ姫は首をかしげた。

〝だから、慣れてない奴を選ぶことにしたんだ。子どもを馬の背に縛り付けて走らせる。馬は子どもだと馬鹿にするし、慣れてない子どもは、こわい、こわい、と泣き叫ぶばかりだから、馬はますますいきり立って、狂ったように走り、子どもを振り落とそうとする。

そして、いつかは縛った縄が緩んで子どもは落とされる。走っている馬から落ちて命があれば上々だ。打ち所が悪ければ首の骨が折れちまうからな。けど、そうとわかっていて、子どもの命を投げ出す親なんているわけがない。それで、阿蘭陀屋は恭助や新吉を攫ったんだ。俺は手伝わなければ、馬に乗せると言われて嫌々手伝わされていた。攫った恭助たちをここ、阿蘭陀屋の向島の寮に閉じ込めておいて、逃げださないよう見張るのが俺の役目だった〟

――何という酷《ひど》いことを――

姫の心が悲鳴を上げた。しばらく、言葉も出なかったが、

〝その間、皆のためにふくれまんじゅうをつくってあげたのね〟

こくんと頷いた伊太郎は、

〝俺、木に登って柿をもぐのも上手かったけど、柿は秋だけだからね。南蛮《なんばん》と取り引きがあった阿蘭陀屋の寮の厨には、粉や黒砂糖、唐芋がいつも放り出してあった。馬から落ちて生きてた奴なんていないから、せめて、生きてる間は、俺の知ってる、安くて美味いもんをつくって、腹いっぱい食わせてやろうって、そう思って――〟

声を詰まらせた。

〝二人は馬に乗せられて亡くなったのではないわね〟

――そうだとしたら、二人の霊がここに居るはずがない。この二人と伊太郎さんが亡くなったのはここだわ――

〝ある日、阿蘭陀屋から手代が二人来て、俺たちは一人一人小部屋に呼ばれた。部屋に入って行った恭助、新吉は戻ってこない。それで俺はぴんと来た。これは何かまずいことがあって、馬競走は取り止めになって、攫った子どもは始末されるんだろうって。俺は残ってた一人に声をかけた。殺される、逃げよう、ってね。攫われてきた子どもはもう一人いた。久作《きゅうさく》っていうんだ。久作と二人で裏口から逃げた。走りに走ったよ。けど、追っ手が迫ってきて、俺は久作に、おまえは逃げろ、って言って、ここだ、ここだ、って追っ手に大声を出して囮《おとり》になった。その間に久作は逃げおおせたようだ〟

――伊太郎さんは久作さんのために犠牲になった――

〝捕まった俺は、客間で死んでいる恭助と新吉を見た。その時、俺も殺されるんだろうと観念した。今までこんな酷い悪事に力を貸してきた罰だと思ったよ。俺たちは寮の裏庭に埋められた。阿蘭陀屋は潰れて、向島の寮は人手に渡ったが、幽霊が出る、薄気味悪いという噂が立って、すぐに、別の人の物になってしまう。霊になってる俺たちのせいだ。俺たちは霊になっても、厨でふくれまんじゅうをつくるのが好きなんだ。毎日、楽しく、あだ、こうだと言いながらつくってる。それで、厨に人が入ってくると、すーっと顔を撫《な》でたり、白い影を見せたりして、怖がらせて追っ払っていた。ところがある日、上方から来たっていう料理屋の主が、どうしてもここを店にするつもりだから、建物を壊して建て直すっていうんだ。俺たちはやってきた主の顔を見て驚いた。あの久作だったんだ。久作が立派になって上方から帰ってきたんだよ〟

〝どうして、久作さんに伝えなかったの？〟

〝たぶん、久作はふくれまんじゅうが嫌だったんだろう、攫われて、殺されかかった、忌《い》まわしい思い出になっていたんだと思う。ふくれまんじゅうを好いて、親しんでくれていなければ、俺は何も伝えられないんだ、夢を見せることもできない〟

伊太郎は嘆いた。

〝それで叔母上様に伝えたのね〟

〝亀乃お嬢様に伝えれば、巡り巡って久作に届くかもしれないと思って、お嬢様の夢に今の久作を出したのさ。そうしたら、よくわかんねえ、いいとこの若様みてえな奴がちらっと俺たちのとこへきて、すぐに引っ込んでその後があんた——。けど、どうやら、俺たちとこうやって話ができるのは、あんただけのようだ。けど、あんたに久作を見つけられるとは思えねえよ、頼りになりそうにないもん〟

伊太郎はふて腐れた様子で不満を呟《つぶや》いた。

〝あなたたちの真の望みは、ふくれまんじゅうづくりではないはずよ〟

ゆめ姫は水を向けて、

〝あなたたちはまだ、成仏できていない。だから、是非とも久作さんにしてほしいのは、元阿蘭陀屋の寮の取り壊しを止めることではなくて、裏庭を掘り返して供養してもらうことなのですね〟

きっぱりと言い切った。

姫のこの言葉に、

〝そうすりゃ、名がお墓に書かれるよ〟

恭助が顔を輝かし、

〝命日には花を供えてもらえるしな。まんじゅうもいいが花も綺麗《きれい》だ〟

新吉は相づちを打った。


「ゆめ殿、さっきから信二郎が座敷であなたを待っています」

亀乃が伝えに来て、ゆめ姫はうたた寝から覚めた。

「叔母上様、今、伊太郎さんにお会いしてまいりました」

「それで伊太郎さんはやはり、今、この市中においでしたか？」

「もうこの世にはおられません――」

姫は黙って首を横に振った。

「なるほど。長じれば人の様子は変わるものだとはいうけれど、大人になった夢での顔は、あまりに子どもの頃と似ていませんでしたものね――」

亀乃は落胆のため息をついた。

「でも、伊太郎さんはご自分の命と引き換えに、仲間の一人を助けていらっしゃったのです。叔母上様が夢に見られた方は、久作さんというそのお方のはずです」

「でも、どうして、首に伊太郎さんとそっくり同じ火傷の痕があったのです？」

「夢で会ったことなどない久作さんの顔だけ見せたのでは、叔母上様は伊太郎さんからの言伝だと、おわかりにならないではありませんか」

「それはそうですね」

「詳しいことは、これからお話しいたします」

ゆめ姫は亀乃と共に座敷へと急いだ。

そして、伊太郎から聞いた話を二人に伝えた。

すると、信二郎は懐から姫の描いた男の絵を取り出した。

「母上が見たという大人になった伊太郎、実は久作という者ということになりますが、調べがつきました。夢に出てきた塩梅屋というのは、日本橋は木原店《きはらだな》にある、あの熟柿《ずくし》で有名な一膳飯屋《いちぜんめしや》のことでした。そして、この人相書きを瑞兆と塩梅屋に見せたところ、瑞兆には行っておらず、塩梅屋に客として来ていることがわかりました。この者は京にある春日屋《かすがや》という料理屋の主で、春日屋久左衛門《きゅうざえもん》、幼名久作、近く、江戸にも店を出したいと思い、市中で評判の店を回って食べ歩いていたそうです。塩梅屋には去年の秋、是非とも世に知れた熟柿をもとめようと頼みに行ったのだそうです」

聞いていた姫が、

――柿に隠されていた奥深い謎がわかったわ。伊太郎さんは柿の木に登って、叔母上様と二人、甘柿を堪能した思い出を見せて、わらわに、熟柿で知られた塩梅屋に行き着いてほしいと願ったのだわ。叔母上様が久作さんのいた所を、瑞兆などという有名なお店と取り違えてしまわれたので、伊太郎さんはさぞかしあわてたことでしょう――

この思い違いを心の中だけに納めていると、

「わたくしは、料理屋といえば、殿様のよくおいでになる瑞兆と思い込んでしまっていたのですね。伊太郎さんの必死の想いを、正しく受けとめられなかったなんて、わたくしとしたことが――」

亀乃はこれ以上はないほど身体を縮こませた。

すると、信二郎は、

「ともあれ、ゆめ殿がいてくださったおかげでよかった。伊太郎さんの想いが正しく伝わり、これで伊太郎たちの霊もきっと浮かばれましょう」

亀乃の手を取ってゆめ姫の手の上に重ねた。

翌日、旅籠《はたご》に泊まっていた春日屋久左衛門は、呼び出しを受けて池本家にやってきた。

当初は攫われた子どもだったという身の上を認めようとしなかった久左衛門だったが、姫が伊太郎の言葉を切々と伝えると、涙を流して、

「ああ、あの時のふくれまんじゅう」

阿蘭陀屋の寮に囚《とら》われ、逃げ出してからのこれまでを語り始めた。

攫われて連れてこられた久作には、閉じ込められていた所がどこであるのか、皆目見当がつかなかった。

ましてや、逃げ出した時、もう日は暮れかかっていて、帰る家の方向さえもわからず、

ただただ走り続けて、気がつくと両国橋だった。疲れの余り倒れかけた時、助けてくれたのが、仕事で江戸を訪れていた春日屋の先代の主だったという。

修羅場をくぐり抜けてきた久作は、しばらく口をきくことができなかった。それゆえ、家に帰りたいとも言えなかった。

そんな久作を先代主は上方へ連れ帰って、我が子同然に育てた。春日屋の先代主は人品《じんぴん》骨柄《こつがら》の卑しい阿蘭陀屋の主とは異なり、誰もが認めて慕う優れた人格者であった。

その後、久作は闊達《かったつ》に話ができるようになったものの、助けられる以前のことだけは決して口にしなかった。先代もあえて訊こうとはせず、歳月が流れて男の子に恵まれなかった先代は久作を娘の婿にし、可愛い初孫の顔も見て、安らかに息を引き取った。

この間、先代は、これは人の道だから、と言って久作から親の名だけは聞き出し、江戸に人をやり、久作の両親の消息を確かめると、暮らしへの相応の援助を惜しまなかった。両親は先代と久作に感謝して天寿を全うした。

久左衛門の名を継いだ久作は、恩のある先代に報いたい、その一心で生きてきたが、時折、あの恐ろしい出来事を思い出すこともあった。仲間たちの生死が気になっていたこともある。だが、それを確かめることはしなかった。

「死んでいる、殺されているに違いないと思うと、今の自分の幸せが後ろめたくてなりませんでした。それで、決して思い出すまいと、美味しかったふくれまんじゅうのことさえ、忘れるようにしてきたのです。けれど、そのせいで、自分の身を犠牲にして助けてくれた伊太郎さんの想いを、受けとめることができなかった。ずっと、無残な殺された方をした仲間の気持ちを無にしてきたのです。しかし、よりによって譲り受けて店にしようとしていた場所が、あの恐ろしいところだったとは——。あの頃は子どもだったので、あそこがどこだったか、全くわからなかったのです。ですから、これは、まさに仏様のお引き合わせです。今は、仲間たちへの申しわけなさを、せめてもの供養の形にしたいと思っています」

涙ながらにこのように語った久左衛門は、奉行所役人たちが元阿蘭陀屋の寮の裏庭を掘ることを承知した。

そして、三体の子どもの骸が見つかると、近くの寺に運んで丁寧に供養した。立派な墓石には伊太郎、恭助、新吉の名が刻まれ、時季の花、菜の花が供えられた。

ゆめ姫は墓石の前に佇《たたず》んでいる久左衛門と、旅立つ三人の姿を夢に見た。三人の声は姫にだけ聞こえている。

〝本当に久作かよ〟

新吉が目を丸くした。

〝久作、どうしてこんなに年寄りなんだろう〟

恭助は首をかしげている。

〝当たり前だろう、もう何十年も経ったんだから〟

伊太郎が苦笑した。

〝そのうち、おいらたちのところへ来るんだろうな〟

恭助の言葉に、

〝年寄りの久作なんて来ても、遊んでやりたくねえからさ、長生きしろよ、久作〟

新吉が笑い飛ばした。

〝そうだ、俺たちの分までしっかり、生きてくれ〟

伊太郎がそう言って、二人の手を取ると、ゆめ姫の前から三人の姿が消え去った。


一時、上方へ帰るからと挨拶に訪れた久左衛門は、

「店は別の場所に探すことにして、あの家は掃除で清めるだけにして、あのままにしておくことにしました。仕事で江戸に出てきた時、旅籠へは泊まらず、あそこへ泊まることにしたいのです。やっとふくれまんじゅうのつくり方を思い出しました。是非とも、あそこの厨でつくって供養に代えなければ――」

澄んだ声で告げた。

元阿蘭陀屋の寮の裏庭を掘って骨を見つけ、彷徨《さまよ》える幼い霊たちの成仏に一働きした同心の山崎が、

「生きたくても生きられなかったこの子たちの話を、酒に呑《の》まれて弾みで死んだあの啓太に報せてやりたいものだ。命は大事にしてもらいたい」

目を瞬《しばたた》かせつつ怒ると、

「確かに命は大事だが、啓太とて、やはり生きたくても生きられなかったのだと俺は思う。どれだけ当人が得心しているかだけで、人の死に様に良《よ》し悪《あ》しはつけられない——」

信二郎は真顔で反論した。

この時もゆめ姫は、

——お考えがやはり並みではなく深い——

感心と憧憬《しょうけい》の両方を覚えた。

すると、どこかから、

〝あなたがご自分の夢力を使って、奉行所のお役目にこれほど関わるとは思ってもみませんでした。お仲間の戯作者与力とも親しんでおいでなのは気になるところです。是非とも、わたしも仲間に加えてください〟

慶斉の声が聞こえてきた。

第二話　ゆめ姫は夢治療を始める

一

忍冬《すいかずら》が今は盛りと咲いている。

白い可憐《かれん》な花が黄色に変わり、初夏に白と黄色が混じり合って咲くことから、この花は金銀花《きんぎんか》とも呼ばれている。

――とにかく、じいと膝《ひざ》を交えねば――

姫は花のついた忍冬の枝を一枝置くために方忠の部屋に入った。

常緑樹の忍冬、これがどちらかの部屋にあると、伝えなければならないことがあるという合図で、二人は茶室へと赴くことになっている。これは最近になって取り決めた、ゆめ姫と方忠の間だけに通じる符牒《ふちょう》である。

池本家の茶室は、将軍家の側用人《そばようにん》という方忠のお役目もあって、客人と秘密裡《ひみつり》に話をすることに使われることもあった。家臣はもとより、亀乃さえも近づけず、方忠が手ずから、茶室の掃除や花活《はない》けをしている。

「これは姫様」

方忠はゆめ姫が入ってきたとたん、平伏した。

「当家にてのご無礼の数々、真《まこと》に申しわけございません、この通りでございます」

「身分を偽っているのですから、もとより無礼などではありません」

――じいがこんな振る舞いをするのは改まっている証《あかし》だわ、いったい、どうしたというのだろう――

「じい、話は叔母上《おばうえ》様から伺いました。どうして、わらわはこの池本の屋敷を出て別の屋敷に住まなければいけないのですか？　別の屋敷とは大奥のことで、まさか、もう市中へ出てはいけないとでも？　これは何の企《たくら》み？」

「姫様、企んでいることなど、何もございません」

憔悴《しょうすい》しきって疲れた表情で方忠は苦笑した。

「亀乃など姫様とのお別れがよほど辛《つら》いのか、おろおろ悲しんでいるばかりでろくに家事が手につかない様子です。わたしは、このお沙汰《さた》が冗談か、何かの方便であったらよいのにと思うばかりです」

「たしかに、ここまでのことをじいができるとは、とうてい思えません」

「その通りです」

「では、いったい誰が？」

「姫様に命じることができる御方にございます」

「御義母上様《おははうえ》の御台様《みだい》?」

「いかに御台様といえども、ここまでの命は下せません」

「残るは、父上様?」

――けれど、あのお気楽に日々を楽しんでおられる父上様が、そのようなことを思いつくものだろうか。いつかのように、お城の中に作った町屋の茶店で、わらわと一緒に遊びに興じることは願ったとしても――

「おっしゃる通り、上様の仰せでございます」

――信じられないわ――

「父上様はご病気ですか」

病に罹《かか》ったとなれば、急な心境の変化もあり得るかもしれない。

「まあ、ご病気といえばご病気なのでしょうが、上様はここ一月ほど、気になる夢をごらんになるとのことなのです」

「どんな夢なのです?」

ゆめ姫は案じたが、

「東照神君《とうしょうしんくん》(徳川家康)が夢枕《ゆめまくら》にお立ちになるそうです」

方忠の返した言葉に、

「まあ、そうだったの」

ほっと胸を撫《な》で下ろした。

「大権現様なら、じいも菩提寺《ぼだいじ》でお声を聞いたではありませんか。尊い御先祖様です、案じることはありません」

「勿体《もったい》ないお声でございました」

方忠はそこに大権現家康が居るかのように、何度も頭《こうべ》を垂れた。

「それで、父上様も大権現様のお声を聞かれたのですね」

「上様のお話では、夢かうつつか、東照神君は甲冑《かっちゅう》をお召しになった勇ましいお姿で、お立ちになったままで話されたそうです」

「どんなお話？」

思わず、姫は身を乗り出した。

「有り体に申しますとお叱《しか》りです」

「お叱り、なにゆえに？　父上様は大権現様が書き遺されたお言葉通りになさってきたではありませんか」

徳川幕府の始祖家康は徳川の繁栄を願い、家康自身がそうであったように、将軍たるもの、日々、健康に留意して天寿を全うせよと書き置いたのであった。

「そのために父上様は、白牛酪《はくぎゅうらく》を召し上がってきておられたし――」

白牛酪とは牛の乳の加工品である。将軍家では八代吉宗《よしむね》公以降、壮健を保つために牛を飼い、その乳や加工品を薬として食してきた。

「立派なお世継ぎだって居られます」

すでに、中年を過ぎた、年齢《とし》の離れたゆめ姫の異母兄《あに》が次期将軍と決まっていた。

「大権現様はなにゆえに父上様をお叱りになるのでしょう」

「それは――」

「わらわに言いにくいことなのですね」

うなずいた方忠は、

「姫様ばかりではございません、姫様の姉上様方にも、ちと、申し上げにくきことでございます。東照神君のご不満は、上様のお子様たちのことでございます。今、お健やかな方々は、ほとんど姫様たちばかりだということにございました」

「まあ、それは酷《ひど》いわ」

「そうは申せど、次代様がご側室との間に儲《もう》けられた若様も、医者と起居を共にしなければならないほど、お弱い体質《たち》と伺っておりますゆえ、東照神君は徳川家の行く末がご心配でならないのですよ」

「それはわからないでもないけれど、わらわたちが男《おのこ》でないのは、どうしようもないこと――」

「ところが東照神君はそうはお思いにならなかったようです」

「やれやれ、何を思いつかれたのです？」

「東照神君は、かくなるうえは、殿御に愛《め》でられる花でいるばかりではなく、世の役に立つこともできる、殿御並みの働きもできるとの仰せで、姫様のお名をお挙げになられたそうにございます。あの姫ならば、後の徳川家の姫たちの手本ともなれるであろうと――」

「わらわは見込まれたのですね」

さすがに悪い気はしなかった。

大きく頷《うなず》いた方忠は、

「東照神君は、ゆめ姫の持てる力を広く世のために生かすように、と仰せになって上様の夢枕からお消えになったそうです。以来、上様は悶々《もんもん》とお悩みになっておられました」

「あの父上様がそのようにおなりとは、よほど大権現様のお言葉が応《こた》えたのでしょうね」

「東照神君のお叱りには、ご側室が多すぎることや、趣味や食の贅沢《ぜいたく》が過ぎることなども、含まれていたので、それもあって、ずっと気落ちしておいででした。余の命ももうそれほど長くない、このままでは、あの世で大権現様に合わす顔がない、とおっしゃって、すっかり窶《やつ》れておしまいになられました」

「可哀想《かわいそう》な父上様、大権現様のお叱りはもっともだけれど、戦国の世が終わって間がなかったあの頃と、今とではいろいろ事情が違うのは、おわかりになってくださらないのだわ」

「そこで、わたしは、姫様はもう大権現様のお言葉通りに、お力を広く世に役立てておられますと、奉行所に力を貸されて果たされたお役目の数々を申し上げました」

――それなら、あの世で見守られている大権現様はもう、ご存じのはずだけど――

「上様は、それはよかった。万事そちに任せる、と扇子で膝を打たれ、暗かったお顔がぱっと明るくおなりでした」

——父上様らしい、よきにはからえ、だけれど、よかった。父上様の悲しそうなお顔は見たくない——

姫はほっと胸を撫で下ろしたが、

「ところが上様はまた暗い憂鬱《ゆううつ》そうなご様子になられたのです。翌日また、東照神君が夢枕に立たれたとのことで——」

「いったい、大権現様はどうせよとおっしゃったの？」

「将軍家の側用人の屋敷にいたのでは、たいして広く、世を見ることなどできはしない、多くの人たちも助けられない、そこで、別に屋敷を用意してそこに移り住むようにと仰せになったのだそうです。先ほど姫様がおっしゃったように、今は戦国の世ではありません。東照神君を始め、代々の将軍方のお力で泰平の世が築かれてまいりました。しかし、将軍家の姫が市井に住むなどとは考えもつかぬことです。東照神君の命とはいえ、何ともこれは本当に頭の痛いお話でした。するとまた、上様は東照神君の夢をご覧になられたのです。東照神君は、〝夢治療処《ゆめちりようどころ》〟と書かれた大きな木の板を手にしておられたとのことでした。これを姫様のお屋敷に掲げよという、東照神君の命だと上様は思われたようにございます。南町奉行所夢掛《がかり》などと書くよりは、よほどよろしい響きかと思いました。そこで、新しい屋敷でございますが、浜御殿《はまごてん》なら市中ですし、警固の者たちがつめておりますので、よろしいのではないかと思いましたが、民と直接触れ合うのに難点があり、そのほかにもいろいろ探しましたが、何《いず》れも帯に短し、襷《たすき》に長しでした。でも、ようやく決まりましてございます」

ここまで話して、方忠はやれやれと大きなため息を洩《も》らした。

——夢治療処——成仏できずに彷徨《さまよ》っている霊たちを助けるのは、治療と言えなくもない。大権現様、なかなかいい趣味をなさっているわ——

ゆめ姫も気に入った。

二

かくして、七夕の頃、ゆめ姫は八丁堀は岡崎町玉圓寺北《おかざきちようぎよくえんじ》の屋敷とは言い難いこぢんまりした仕舞屋が数軒並ぶ真ん中の仕舞屋に、大奥から命を受けた藤尾《ふじお》と共に住むこととなった。

表戸には〝夢治療処〟と書かれた木札が掛けられていて、大きな箱が置かれている。

夢目安箱である。

夢目安箱の隣には以下のようなただし書きが記されていた。

気掛かりな夢について、お名、お住まいと一緒に記して夢目安箱にお入れください。

治療を要するものについてのみ、追って必ずご連絡いたします。

また、急を要するものについては別途、常時対処いたします。

夢治療処

信二郎や山崎など奉行所役人等は裏から出入りするように決めてあった。

もとより、霊となった者たちの訪れはこの限りではない。

しばらくは、暑さが続いて皆が出歩かないせいもあってか、夢目安箱に投じられた文もなく、平穏な日々が過ぎた。

――大権現様の命であり、お役目大事とはいえ、いろいろ教えていただいた叔母上様にお目にかかれないのは悲しいわ――

ゆめ姫は初物でなくとも充分美味《おい》しい、鰹《かつお》の切り身の串《くし》焼きである、筒切りきじ焼きを菜《さい》につくって藤尾を驚かせた。

「姫様がこのような料理をお覚えになられていたとは――。わたくしなど早くに大奥に上がったので、母に煮炊きや針仕事等のたしなみは習わず仕舞いでした」

そんな藤尾の事情がわかると、しばらくの間、三度の膳《ぜん》は全てゆめ姫が調えることとなった。

「すみません、申しわけございません。必死で覚えます、お役に立てるよう精進いたします」

藤尾は泣かんばかりに膳を拝みながら箸《はし》を取り、立秋近くになってやっと、炊いた飯と味噌汁《みそしる》の朝餉《あさげ》、これに漬物と焼いた目刺し等を添える昼餉《ひるげ》の準備ができるようになった。

蒸したり、煮たりのややむずかしい加減が要る料理はまだ、ゆめ姫が受け持っている。方忠が亀乃の拵《こしら》えた西瓜糖《すいかとう》と文を届けてくれた。

ちゃんと召し上がっておいでかと案じない日はありません。いい大人なのだからと殿様はおっしゃいますが、包丁を持ったことも、竈《かまど》に火を熾《おこ》したこともなかったあなたが心配です。

ご一緒の方が何事もよく出来るはずだと、その方とお会いになったことのある殿様は安心なさっておられますが、とかく、人は見かけによらぬものですから――。

西瓜糖をお届けします。

これは種を除いた西瓜に、砂糖を加えて煮詰め、漉《こ》したもので、生姜汁《しょうがじる》を加えるのが当家流です。

井戸水で割って飲むと暑気に当たらずに済みますし、そのまま白蜜《しろみつ》や黒蜜《くろみつ》の代わりに白玉にかけても、西瓜の清々《すがすが》しい風味が感じられてよいものです。

どうか、お元気で。

里帰りのようなおつもりで、たまには当家にもお立ち寄りください。

首を長くして待っています。

亀乃

我が娘のようなゆめ殿へ

亀乃の西瓜糖をことさら喜んだのは藤尾であった。

「少し、甘過ぎはしませんか？」

ゆめ姫はたっぷりの井戸水で割って飲んだが、

「わたくしはこのくらいがいいです。羊羹《ようかん》と同じくらい甘くて美味《おい》しい」

藤尾はさすが羊羹屋黒蜜屋《くろみつや》の娘であった。

「わたくしがこうして姫様と町中にいることさえ、実家《さと》に報《しら》せることができれば、羊羹を届けて貰《もら》えるのに――」

ゆめ姫と藤尾がこうして住んでいる事実を知っているのは、父将軍と方忠、大奥の浦路、そして、身分は知らない亀乃、総一郎、信二郎、山崎にすぎない。たとえ身内でも、この他へは決して報せてはならぬと、藤尾は浦路から固く口止めされている。

――藤尾は生まれ育った町中にいるというのに、大奥にいた時よりも、心が揺れているように見える、慣れぬ煮炊きのせいかしら？――

姫が案じていると、ある朝、朝餉の膳を調えた藤尾が額に瘤《こぶ》をこしらえていた。

「まあ、どうしたのです？」

「大事ありません。敷居に躓《つまず》き、柱に顔をぶつけただけで――」

やや青ざめた顔で応えて、

「実はこれが――」

手にしている印伝《いんでん》の信玄袋《しんげんぶくろ》をぶらぶらさせた。

「よい柄の袋物ですね」

赤の地に黒い唐草模様の革で出来ている印伝は、大奥風の品のいい華麗さこそなかったが、なかなか粋《いき》な逸品に見えた。

「ずっと前の宿下がりの折に、小物も売る古着屋で買いもとめたものなのですが――」

藤尾は恐ろしげな表情で信玄袋をまじまじとながめた。

「その信玄袋に何かあるのですか？」

姫が小首をかしげた。

「わたくし、これを一目見た時から気に入りまして、すぐにもとめることに決めました。そんな品ですから、大奥に持ち帰った後も、夜、そっと取りだしてはながめていたのです。思えば、その頃から、少々、おかしなことが起きていました」

「どんなことが？」

「置いたところに無いのです。信玄袋が動くのです。初めは気のせいかと思いました。それが、二度、三度と続いても、やっぱり、気のせいだと思い、夜中にながめたりするから、勘違いするのだと反省して、ここへ来るまでは行李《こうり》の中にしまっておいたのです。行李には蓋《ふた》をしますので、その間は動けなかったのでしょう」

「ということは、ここへ来て、またこの信玄袋が動いたというのですね」

「ええ。とても気に入っておりましたし、これに合う着物も見繕《みつくろ》っておこうと、夜、起きだして、紐《ひも》の端を持って行李から出したとたん、ぐいぐいと廊下へ向かって引っぱられてしまいました。その力の強いことといったら、もう――。逆らって踏《ふ》み止《とど》まろうとしても敵《かな》わず、信玄袋は柱があっても、避けようとはしないので、わたくしはこうなったのでございます」

藤尾は恨めしそうな顔で自分の額の瘤を指差した。

「それは災難でしたね。これには強い霊が取《と》り憑《つ》いているかもしれませんし、とりあえずはわらわが預かりましょう」

「お願いいたします」

藤尾から信玄袋を受け取った姫が、自分の部屋へ戻ろうとすると、

「それがしです、秋月修太郎です」

裏木戸から信二郎が入ってきた。

すでに藤尾と信二郎は初対面ではない。

「どうぞ、おあがりになってください」

藤尾は勧めたが、

「今日は草抜きに参りました」

信二郎は両袖《りょうそで》と袴《はかま》をたくし上げた。

「気になっている場所がありまして――」

信二郎は裏庭へと進んだ。

この家の裏手にも池本家にあったような大きな銀杏《いちょう》の木があった。ただし根元は生い茂った草でよく見えない。

「池本の屋敷においでの頃、あなたはよく銀杏の木の根元に座っていましたね。それがしが一緒のこともありましたよ。ここにも座る場所があった方がきっと便利です。ああ、でもあの草の高さなら鎌《かま》が要ります。庭道具はたぶんあそこでしょう」

信二郎は庭道具が納めてある納屋へと走ると、鎌を両手に持って戻ってきた。

「母上はあなたが庭仕事の名人だと言っていましたよ。それから、この季節、新しい家はきっと草木の勢いがよく、生い茂り過ぎているだろうとも。とりあえずは手伝ってください」

信二郎は左手に持っていた鎌を姫に手渡した。

姫は信玄袋を縁側に置き、襷をかけた。

二人は屈《かが》み込んで草を刈り始めた。

「叔母上様からわたくしに何か、言伝《ことづて》はありませんか？」

姫はふと訊《き》いてみたくなった。

信二郎は鎌を動かす手を止めずに、

「これが言伝です。ああ見えていても、母上は武家の女子《おなご》なのですよ。武家の女子は武士である夫の分身、何事につけても、お役目第一、女々しいところを見せるべきではないと、自身に言い聞かせて、父上と共に生きてこられたはずです。それで、あなたが戻ってこないのが寂しくてならないはずなのに、決して口にせず、それがしにあなたが庭仕事の名人で見習ってほしいなどと告げて、こちらへ向かわせたのです。奉行所役人として挨拶《あいさつ》に伺うのではなく、こうして、時をかけて共に庭いじりをしていてこそ、取《と》り繕《つくろ》っていない、あなたの真の様子がわかると思われたのでしょう」

「そうだったのですね」

ゆめ姫は信二郎の目の中にほんの一瞬ではあったが、にこにこと笑っている亀乃の姿が浮かぶのを見た。

二人は半刻《はんとき》（約一時間）ほどかけて、草刈りを終わらせた。刈り取った草を座布団代わりにして銀杏の前に並んで座ると、

――まるで、池本に帰ったよう――

姫はつんと鼻の奥が痛んで、目頭が熱くなった。

「ゆめ殿、目を伏されたままでどうしたのです？　それに右の頬《ほお》に抓《つね》られた赤い跡が――。もしや、いつものことが――霊が見えているのでは？」

信二郎が案じると、

〝酷い、どうして聞こえないの？　あたしの声が――〟

甲高い声と共に、若い娘が姫の左隣に座った。

〝さっきあんたが信玄袋を手にした時、話しかけたのよ。でも、すぐに縁側に置いたまま

にしたでしょ。それから今まで、あたしがいくら話しかけても、あんたときたら、一緒に居る相手のことやよくわからないおばさんのことばっかしで、聞こえなかったんだからね。ここは夢治療処でしょ？　あたしはもうずたずた、ぼろぼろに傷ついてるのよ。急な病人にはいつでも対応するようなこと書いてあったけど、あれ嘘《うそ》？〃

三

〃あなたは信玄袋の持ち主？〃
〃そう。両替屋池田屋《いけだや》の娘志《し》ま〃
そう言って、立ち上がったお志まはくるりと廻《まわ》って見せた。花柄の振《ふ》り袖《そで》は極上の友禅で、帯は金糸銀糸の西陣、凝っているのは、振り袖に合わせた濃桃色の半襟《はんえり》、結い上げた大きな島田に珊瑚《さんご》の簪《かんざし》が燦《きら》めいている。
ただし、派手な顔立ちに濃い目の化粧は似合っていない。
〃あたし、これでも生きてる頃は、お城のお姫様みたいだって、みんなにうらやましがられたものなのよ〃
——この人、自分が亡くなってることはわかっているのね——
〃なかなか、死んじゃったって思えなかったけど、おとっつぁん、おっかさんが大泣きして、お葬式で冷たくなった自分の骸《むくろ》を見て、やっとそうなんだ、仕方ないんだって思ったのよ〃

〝亡くなる前のことで覚えていることは？〟

〝柏山座《かしやまざ》の芝居小屋に居たわ。柏山雪之助《ゆきのすけ》が道成寺《どうじょうじ》の清姫《きよひめ》を演《や》るっていうんで、この日のために用意させた、とっておきの着物に信玄袋を持ってかけつけたのよ。席も桟敷で、申し分なかった。あたし、前の日、雪之助に恋文を送ったばかりだったの。だから、この日に賭《か》けてた。あたしに気があるんなら、雪之助さん、文を返してくれるはずでしょ〟

〝その前に亡くなったのね〟

〝急に胸が苦しくなって、息ができなくなって。後で医者は急な心の臓の発作だろうって。でも、それ、芝居がはねて、小屋を出てすぐのことだったのよ。その前に雪之助さんから文が届いてて――。でも、あたし、後でゆっくり読もうと決めて、信玄袋の縫い目に差し込んでおいたのよ。あたし、信玄袋は一箇所、縫い目をほどいてほつれないように糸止めして、匂い袋とか懐紙とか、お守りなんぞの細かいものを入れておくのが常だったの。中でごちゃごちゃになるのが嫌だったから。こう見えても、案外、針仕事は上手だし几帳面《きちょうめん》な性質《たち》なのよ〟

――藤尾が災難に遭《あ》ったのは、一心な恋文探しが因《もと》だったのだわ――

〝あなたは雪之助さんの文が気になって、この世に留《とど》まっているのでしょう？〟

〝その通りよ、おとっつぁん、おっかさんときたら、『可愛《かわい》かったお志まを想い出すものは、一切合切、売り払ってしまおう。手許《てもと》に置くと辛《つら》すぎて、ろくろく商いも出来ない』って、あたしのものを古着屋や損料屋《そんりょうや》に引き取らせたのよ。気持ちはわかるけど、あたしは困る。おとっつぁん、おっかさんに『信玄袋だけは売るのをやめて』って言っても聞こえやしないし、古着屋や損料屋だって同じ。藤尾って人も同じだったんで、気が立ってきて、あんなことをしちゃったの。何とか、あたしに気がついて、信玄袋から文を出して、渡して欲しかったのよ。そして、やっと、あたしの声が聞こえて、姿が見える相手に巡り会えたと思ったら、あんた、耳を貸そうともしてくれないんだもの〟

〝ごめんなさい〟

詫《わ》びた姫は縁側に近づき、信玄袋を手にすると、裏返しにして、ほどいてある箇所を見つけようとした。

〝これだわ〟

一箇所だけ、糸も縫い目も違っている。

〝古着屋さんが縫い合わせたのね〟

〝それじゃ、文は捨てられてしまったかもしれないの？〟

お志まは身体《からだ》を震わせた。

〝ああ、何ということなの。その文がなければ、あたし、とても、あの世へ行く気がしない〟

〝待って――〟

力をこめて糸を切り、縫い目をほどいた姫は、

〝あったわ〟

文を取りだして開いた。
〝どうぞ〟
〝ありがとう〟
受け取ったお志まは何度も繰り返し読んで、
〝ああ、何という幸せ――〟
深く大きなため息をついた。
文には以下のようにあった。

実はあなたのことは以前から気になっていました。桟敷においでの上、一番目立つ、大輪の花のようなお方でしたから。わたしも一目見た時から、あなたに夢中になりました。けれども、わたしはしがない役者、あなたは大店《おおだな》のお嬢様です。生きている世界が違いすぎます。おそらく、あなたとわたしはこの世では結ばれる縁ではないでしょう。この世で無理を通せば、どちらも不幸になります――。だから、本日、あなたを想って、わたしは清姫を演じたのです。あなたを想うわたしにとって、清姫のために命を落とす安珍《あんちん》は、少しも不幸ではないように思えます。なぜなら、あの世の二人はたいそう仲睦《むつ》まじく、幸せに暮らしているはずだと思えるからです。

〝あたし、あの世であの人を待つわ、何年でも。だから、これ、浅草宝龍寺《ほうりゆうじ》にあるあたし

のお墓に埋めてきて――〃

お志まは文をゆめ姫に握らせて、

〃お願いよ〃

すーっと消えた。

「どうしたんです？」

信二郎は案じていた。

「わたくし、眠ったつもりはないのですけれど――」

「どうしたのですかと、いくら声をかけても、あなたは応《こた》えなかった。そのうちに縁側まで歩いていくと、信玄袋を手にして戻ってきて、信玄袋の中から文のようなものを出しましたよ。そこからが、また、少しおかしくて。不意に強い風が吹いて、文があなたの手から離れ、遠くに飛んで行ったかと思うと、次には、また風が吹いて、あなたはその文を握っていた。まるで風があなたに文を握らせようと企《たくら》んだかのように見えました」

「わたくし、どうやら、夢治療に訪れた霊と話をしていたようなのですよ」

「夢や白昼夢ではなく？」

「ええ」

「つまり、あなたの力が増したというわけですね」

「そうとも言えるかもしれません」

「それで、今、どんな霊とどんな話をしたのですか？」

「それというのは――」

ゆめ姫は信玄袋にまつわる話をした。

「ですから、わたくし、宝龍寺にあるお志まさんのお墓に、雪之助さんの文を埋めてさしあげなければならないのです」

「ふーむ」

じっと話に耳を傾け、文に目を通した信二郎は、

「役者というのはよい姿や科白《せりふ》の上手さもさることながら、こうも歯の浮いたような言葉を使えるゆえに、女たちにちやほやされるのでしょうね」

まずは感心して、次には、

「それで、あなたはその形《なり》で、お志まという娘の墓に行かれるつもりですか？」

苦笑いした。

「おかしいでしょうか」

「浅草の宝龍寺といえば、とても賑《にぎ》わっていると評判の寺です。町人ばかりの墓に武家娘の形で参ったら、目立ち過ぎますよ」

――たしかにその通りだけれど――

「それがしにお任せください。町中を歩くには町人の形が何よりです」

信二郎はぽんぽんと自分の胸を叩《たた》いた。

「というと、わたくしに町娘の恰好《かっこう》をするようにとおっしゃるのですね」

——夢ではないかしら、お城に居る時からの憧《あこが》れだわ——

ゆめ姫は黄八丈《きはちじょう》に黒い半襟をつけて、とんかからりんと、塗り下駄の音をさせて歩く、粋《いき》な町娘の姿に執着していた。

——初めて素足で履く下駄、考えただけでわくわくする——

「それがしもあなたの兄ということにして、町人の形でご一緒しますよ」

「まあ、信二郎様まで——」

——二人揃《そろ》って町人姿なんて最高‼——

姫が心の中で飛び上がって喜んでいることなど、知る由もない信二郎は、

「道場仲間に岡本新八郎《おかもとしんぱちろう》という浪人者がいるんですが、こやつが突然、〝剣術などいくら習っても仕官はむずかしい、ならばいっそ、商人になって、美味いものを腹一杯食ってやる〟と、一念発起して、日本橋橘町《たちばなちょう》で損料屋を始めたんですよ。今や、岡本の損料屋はたいした繁盛です。今回、その岡本の世話になろうと思っています」

「損料屋さんというのは？」

「損料屋では何でも一日幾らと決めて貸すんです。炬燵《こたつ》や火鉢は言うに及ばず、褌《ふんどし》や着物も貸し出します。町人の着物は老若男女を問わず、品揃《しなぞろ》えがいいと聞いています。ですから、大丈夫ですよ、きっと、気に入る着物や帯が見つかって、それがしは商家の若旦那に、あなたは首尾良く町娘に化けることができます」

信二郎は明日、姫と共に損料屋の岡本へ立ち寄り、それから、宝龍寺へ行くことに決め

て帰って行った。

信玄袋の中の恋文が未練でこの世に留《とど》まっていた、お志まの話を藤尾に聞かせると、

「大店のお嬢さんの我《わ》が儘《まま》だったんですね。でも、よかった、早く姫様が気がついて、話を訊いてあげてくださって。ああいう手合いに取り憑かれたらたまりませんもの、雪之助も命拾いでしたね」

藤尾はほっと胸を撫で下ろした。

「取り憑くとはどういうことかしら？」

ゆめ姫の心は常に澄みきっている。それゆえ悪意とか怨念《おんねん》とかの、人が持ち合わせている負の部分に不案内であった。

四

「相手からの文が見つからなかったら、成仏できないとその霊は言ったのでしょう？　だとしたら、未練があると悪い霊になって、この世を彷徨《さまよ》い、人に悪さをすることで憂《う》さを晴らすのではないでしょうか？」

藤尾の指摘に、

「そんなこと――」

姫は思わずあっと声を上げた。

「わらわの助けが遅れると、霊は皆、悪い霊になってしまいかねないというのですね」

責任重大とばかりに姫が青ざめたのを見て、

「姫様、お一人の責任ではございませんよ。生まれつき悪い霊を引き寄せるその者の性格もあるでしょうし――」

藤尾はあわてて、これ以上、ゆめ姫が深刻に考えないよう言葉を付け足した。

翌朝、信二郎が迎えに来て、

「岡本には使いを出しておきました。町人に見える男女の着物を準備しておいてくれているはずです。急ぎましょう」

「よろしくお願いします」

二人は損料屋岡本がある日本橋橘町へと向かった。

ゆめ姫は昼間、これほど賑やかな江戸の町中を歩くのは初めてであった。

前に一度、行方の知れなくなった信二郎の従妹《いとこ》が、祝言を挙げた相手に殺され、土中に埋められている様子を夢に見て、信二郎と二人、掘り起こすべく市中のその場所に出向いたことがあった。しかし、その時は深夜で全く人気がなかった。

「江戸の町って賑やかなものですね」

姫は目を瞠《みは》り続け、日本橋の大通りにさしかかると、しばしば立ち止まった。

「何だか、初めて町に出た姫様のようですね」

信二郎は何気なく洩《も》らしたのだろうが、ゆめ姫はどきっとして、

――物珍しげにきょろきょろしないようにしなければ――

気を引き締め、通り過ぎる店並みに目を奪われず、前だけを見据えて歩くことにした。

四半刻《しはんとき》（約三十分）ほど歩いたところで、鰹節問屋の角を曲がると、損料屋が見えてきた。看板に岡本とある。飛び抜けて大きな店ではなかったが、客の出入りがひっきりなしで繁盛していることがわかる。

「ありがとうございました。また、ご贔屓《ひいき》に」

にこにこ笑って、客から借り賃と貸した品を受け取った若い男に、

「岡本」

信二郎が声をかけると、

「これは秋月様」

主の新八郎は神妙な顔になった。

「お待ちしておりました。二階へどうぞ。とっておきの着物を用意しておきました」

二人は新八郎の案内で階段を上がった。

用意されていたのは、大店の娘と手代の着物と履物、持ち物などであった。

「知り合いの髪結いも男女各々、来てもらっています」

「大店の手代になるのか？」

信二郎は気に染まない表情である。

「兄妹《きょうだい》に見えるようにと文に書いたはずだが――」

「敵討ちの兄妹ならいざ知らず、大店の兄妹はあまり、連れだって歩いたりしないものです」

「何も、大店の兄妹に化けたいと書いた覚えはないぞ、慎ましく両親の小商いを手伝っている、目立たない兄妹が望みだったのだが――」

「武家の者が地味な商人や長屋暮らしの町人に扮《ふん》するのは、言葉や身のこなし、表情等、意外にむずかしいものなんですよ。その点、富裕の者は着ているもので周囲を欺きやすいのです」

「まあ、一理はあるが――」

信二郎はまだ十分には得心していない。

こうした二人のやりとりを聞きながら、牡丹色《ぼたんいろ》の地に竹の模様が描かれた振り袖に、じっと目を落としていたゆめ姫は、少なからず気落ちしていた。姫が着たかったのは、あくまで黄八丈だったからである。

――本当は茶色っぽい細い縞《しま》の木綿の着物を、足がちらりと見えるように着付けたいのだけど、それでは目立ちすぎるから、せめて、黄八丈に黒い半襟と思っていたのに――

「おまえたち――」

突然、岡本はがらりと言葉つきを以前の道場仲間だった時のものに変えた。

「どうせ、いわくある間柄なのだろう。それで町人に化けて逢瀬《おうせ》を楽しむのだろう。だとしたら、怪しまれぬ恰好《かっこう》をする方がいい。大店のお嬢さんと手代なら、手代がお嬢さんの習い事について歩くのは、よくあることだから誰《だれ》もおかしくは思わない。悪いことは言わない。お嬢さんと手代の恰好を勧める」

市井に通じている岡本の言い分は、たしかにもっともだったが、

――わらわたち、世を忍ぶ逢瀬を交わす男女だと思われているのだわ――

知らずと姫は真っ赤になってうつむいてしまった。

「逢瀬のために化けるのだろうというのは、岡本らしいゲスの勘ぐりだが、主の娘に付き添う手代ならよく見かける。なるほど、これには一理ならずも、二理、三理ある。ならば仕方がないか――」

苦笑した信二郎は覚悟を決めて、藍縞《あいじま》に袖を通して、角帯を締め、手代の姿になった。

姫も倣って艶《あで》やかな振り袖を身に纏《まと》った。

ゆめ姫は見惚《みと》れた。

――まあ、信二郎様――

――信二郎様のお心の有り様や書かれる戯作《げさく》のように、町人の自由な雰囲気が漂ってるわ。きっとこういうのをものの本が書いているところの粋というのね――

「もう、何年も奉公してきた忠義の手代に見えます」

「あなたの常もよいが、それも華やかでお似合いだ」

二人は眩《まぶ》しそうに互いをちらと見た。

この後、二人は岡本の勝手口から出て、お志まの墓がある宝龍寺へと向かった。

途中、

〝よく似合ってるわよ。それ〟

お志まの声が聞こえた。

振り袖の竹模様が風になびいている。

――どこかで見たような気がするわ――

竹模様は珍しいものではないが、竹の葉の色使いが独特であった。緑だけではなく、白と鼠色《ねずみいろ》が入っている。同系色の半襟のぱっと明るい緋色《ひいろ》にも見覚えがあった。

〝これ、もしかして――〟

〝そうよ〟

お志まがひょいと姿を現して、左に並んで歩いている。お志まはゆめ姫が着ているのと、そっくり同じ柄の振り袖姿である。

〝あたしのなのよ。おとっつぁんたら、只《ただ》同然で損料屋に叩き売っちまったのよ〟

お志まの口調はやや恨みがましげである。

〝それじゃ、これも後で信玄袋と一緒にお墓に納めてさしあげましょうか〟

〝結構。霊に着物はいらない。好きな姿になれるの。埋めてほしいのは文だけよ〟

そう言って、お志まは消えた。

短い時だったので、右隣を歩いていた信二郎は少しも気づかなかった。

宝龍寺の山門を入ると、咲き乱れている夏菊が姫の目に飛びこんできた。

お志まの墓は若くして亡くなった池田屋の娘らしく、大きな墓石が積まれ、立派な卒塔《そと》婆《ば》が立てられている。供養が欠かされていない証《あかし》に、線香の煙がたなびき、花や水菓子などの供物も並んでいる。

――それでも、お志まさんが何より大事だったのは、この文だったのね――

信二郎が小さな穴を掘り、姫は文を信玄袋に戻して埋めようとした。すると、

〝あら、いいのに、文だけで〟

お志まが声をかけてきた。

〝その信玄袋はあんたが、持っていてちょうだい〟

〝でも――〟

〝あんたが困った時、役に立つかもしれないから〟

〝わたくしが困るって？〟

〝どうやら、あんた、あたしみたいな成仏できない霊をあの世に導く役目なんでしょ。その役目がすんなり果たせないことが、あるかもしれないってこと〟

〝どうして？〟

〝それはそのうちわかる。とにかく、今はありがとう。あたし、あんたのおかげで清々した気持ちであの世へ旅立つことができそう〟

お志まが柄にもなく、深々と頭を下げて、ふわりと消えて一筋の光になった。

「今、お志まさんは心安らかに成仏されました」

姫は微笑《ほほえ》んで信二郎に告げ、向かい側の墓へ目を向けた。そこでは自分とそう年齢《とし》の違わない丸髷《まるまげ》姿の女と、信二郎より二つ、三つ年嵩《としかさ》の、町人風の男が手を合わせていた。

――皆、亡くなった方の冥福《めいふく》を願っているのだわ――

その時である。

――あっ――

思わず叫んでいた。二人の男女が前にしている墓石が、親指の先ほどのものを吹き上げたのである。夥《おびただ》しい量であった。

五

――あれはいったい――

もちろん、見えているのはゆめ姫だけである。二人は気がついていない。

「何か見たのですね」

信二郎も見えてはいないが、姫の変化には敏感であった。

「ええ、この世のものではないもののような気もしました。でも、それが何かまではここからではわかりません」

「待ちましょう」

信二郎と姫は二人の男女が寺を出て行くのを待った。

「それがしはあの二人がどういう者たちなのか、後を尾行《つけ》て探ってきます。その間にあなたは、見えたものの正体を見極めてください。落ち合うところは、そう、岡本。岡本なら心配ない。あそこで待っていてください」

そう言い置いて、信二郎が去ると、ゆめ姫は二人が参っていた墓へと近づいた。すると、また茶色い大きな虫のようなものが、墓から吹き出し始めた。ぶーんぶーんと羽音がしている。

――ハチなのかしら？――

だが、近づくとそうではないことがわかった。虫には違いなかったが、蟬《せみ》の抜け殻であった。豪雨のように降りかかってくる抜け殻にまみれて、墓の前に立つと、

〝わしはまだ、空蟬《うつせみ》に居《ただ》る〟

顔のほとんどが焼《や》け爛れている、三十半ばの男が姫の目の前に立った。

空蟬とはこの世のことを指す言葉ではあるが、蟬の抜け殻のことでもある。

〝長い間、土の中で過ごす蟬は、外に出てくると殻を脱いで大空に旅立つもの。抜け殻の空蟬が土中に埋まっているのは、おかしなことです。あなたはどうして、空蟬をわたくしに見せたりしたのですか？〟

姫は顔が爛れて恐ろしい様子の男から顔を背けずに訊いた。

〝それはわしの墓がここではないからだ。ここに居ると、ひっきりなしに人が来て、『仁《に》助《すけ》さんはよい人だった』と褒めちぎり、仁助の女房なぞは、毎日、ここで泣き続けているが、わしは仁助ではない。人の墓に葬られていては成仏どころではない。落ち着かず、苛《いら》

立《だ》つばかりだ。何とか自分の墓へ入りたいのだ〟

〝ところで、あなたはどなたなのですか？〟

〝大村崎右衛門《おおむらさきえもん》と申す浪人だ。腕に覚えがなく、せめて、仕官は学問でと決めて、虫の薬効について研究してきた〟

――何と、虫の研究とは――

思わず虫唾《むしず》が走ったゆめ姫だったが、

〝虫を研究していると言うと変人だと思われがちだが、あの冬虫夏草《とうちゆうかそう》を忘れてほしくない〟

冬虫夏草とは万病に効く名薬である。ある種の虫にある種の菌類が寄生した状態で、冬は虫の姿をしていながら、夏は寄生した胞子が育つので草に見えることから、この名が付けられている。大陸の高山から質のいい冬虫夏草が、父将軍の元に献上されていることもあって、この薬が比類なき名薬であることを、姫も知っていた。

――父上様はあの時、冬虫夏草さえ、手許にあれば重い病に罹った生母上様《ははうえ》を助けられたのにと、いつも嘆いておられた――

〝虫を極めていけば、死者をも蘇《よみがえ》らせるといわれるほどのものであった。これと決めた草地や林へと出かけて行った。ところがある日、突然、空が暗くなって、雨が降ってきたと思うとぴかっと光って雷が鳴り出した。雨宿りをしようと、近くにあった杉の大木へと走った。そこまでは覚えているのだが――。気がついてみたら、墓の中に居た〟

〝あなたはたぶん、雷に打たれて亡くなったのです〟

崎右衛門は片手を焼け爛れた顔に当てた。ずるりと顔の皮がその手に付いて、

〝なるほど酷いものだ。あの時はわしの目星が正しかったと会心の想《おも》いでいたので、つい ぬかったのだ。それで、雷は高い木の上に落ちるとわかっていて、普段は気をつけている のに、杉の大木なぞで雨を除《よ》けようとした。馬鹿をしたものだ。燃える大枝がわしの頭の 上に落ちてきた。死んだ理由《わけ》はよくわかっている。自分が悪かったのだし、誰も恨まない。 どうして、ここに居るのかも半分だけわかった。だが、自分の身内でも知り合いでもない 者たちに、ここへ来られるのは困る。特に仁助の女房の涙は――わしも稼ぎがなく、始終 女房を泣かしていたからなおさらだ。それに、あの女房は本物の仁助の墓で泣くべきだろ う。そうでなければ、誰にも参ってもらえない仁助が気の毒だ〟

――この方は心根の優しいお方なのだわ――

〝だから、早く仁助の墓を探して、わしと仁助の骸《むくろ》を取り替えてくれ〟

〝頑張ってみます〟

ゆめ姫が大きく頷くと崎右衛門の姿は消えた。来た道をゆっくり岡本まで戻ると、まも なく、息を切らせて信二郎が戻ってきた。

「先ほどの二人のことがわかりました。二人は一膳飯屋《いちぜんめしや》の主季蔵《あるじとしぞう》と馴染《なじ》み客のおこよでし

た。お忘れかもしれませんが、その一膳飯屋は木原店の塩梅屋です。梅干しと酒を合わせた煎《い》り酒《ざけ》と幻の逸品と言われている熟柿《ずくし》で知られている店です。馴染み客で旅籠《はたご》の主仁助の訃報《ふほう》を聞いた季蔵は、墓参りに訪れて、毎日来て泣いているお内儀おこよに出会い、思い出話をしていたそうです。寺を出た二人が塩梅屋に入ったので、それがしも客のふりをしたのです。主の季蔵が何も喉《のど》を通らないというお内儀のため、卵かけ飯というのをつくろうとしていました。商いは夕方からだと言われて追い出される前に、こちらも親しい人を亡くして傷心していると先手を打ったところ、おこよがそれがしにも振る舞ってくれるよう、主に頼んでくれたのです。卵かけ飯は、亡くなった仁助の大好物だったそうで、産み立ての卵を溶きほぐし、煎り酒を垂らしたものを温かい飯に混ぜ、山葵《わさび》を添えただけのものなのですが、すっきりとした味わいに山葵が効いて、たしかに絶品でしたよ」

「卵かけ飯のことより、仁助さんはどのような亡くなり方をしたのですか？　そちらを教えて下さい」

「仁助はこのところずっと、塞《ふさ》ぎ気味だったそうです。急に人のあまりいないところへ行きたいと言いだし、滝野川《たきのがわ》の一足早い紅葉《もみじ》が見たくなったと出かけて行き、戸板に運ばれて帰ってきたのは雷に打たれた骸だったそうです。おこよは、誰かわからぬほど焼け爛れた仁助の顔が不憫《ふびん》で、その顔を思い出すたびに涙が止まらないんだとか――」

――おこよさんは心から仁助さんを想っていたのね、可哀想《かわいそう》に――

「仁助が死んで、旅籠が左前だったことがわかりました。仁助の悩みはこれだったのです。

旅籠は近く人手に渡るので、おこよは実家に帰るのだそうです。おこよの実家は裕福な米問屋で、仁助がやっていた旅籠も元は、江戸で十指に入る繁盛ぶりだったと聞きました。何かの折に見かけて、おこよに一目惚れした仁助が、是非にと望んで妻にした恋女房だと、塩梅屋の主が話してくれました。年齢が離れているので、当初、おこよの両親は反対したそうですが、最後は仁助の熱意に負けたのだとか――」

――仁助さんの方でも、恋女房のおこよさんは大事でならない相手だったのね――

「実は――」

姫は大村崎右衛門の霊の話をした。

「そうすると、大村という浪人と仁助が共に雷に打たれ、骸が取り違えられたということになりますか――。となると、大村の墓を見つけなければなりませんね。その前に雷のあった日、仁助の骸の近くにもう一体別の骸があったかどうか、調べてみなくては」

雷があった日の骸のことは、明日、信二郎が奉行所へ出向いて、道場仲間でもある同心の山崎に訊いてくることになった。

翌日、昼過ぎに姫の許《もと》を訪れた信二郎は、

「山崎に調べてもらったところ、雷の日、松平大学頭《まつだいらだいがくのかみ》様お屋敷の北側と田が接するところに立っている、杉の木の下で見つかった骸は一体だけだそうです。気になって、今、大村崎右衛門の住む長屋へ行ってきました。団扇《うちわ》作りの内職に精を出している妻女と娘御が居て、主が帰らないのをとりたてて案じている様子はありませんでした。大村は〝これだ〟と決めると、何日も、時に一月も家に戻らず、虫を追いかけることがあるそうで——。

もちろん、墓などあるわけはありません」

「雷に打たれて亡くなった大村様が仁助さんと間違われたのは、焼け爛れていたせいですね。きっと背格好も似ていたのでしょうけれど——」

姫は大村が浪人には不似合いな、見事な大島紬を身につけていたことを思い出していた。

——雷に打たれたのなら、多少は着物も焦げるものでは？——

「どうして、おこよさんは一目で旦那《だんな》様の仁助さんだとわかったのでしょうか？」

「着ていた着物と持っていた財布やお守り、根付け、煙草《たばこ》入れが仁助のものだったそうです。夫婦で同じものを身につけて、終生、離れないようにとおこよが願って、仁助に贈ったのだとか——」

——財布などの小物も焼けていなかったわけね——

六

「信二郎様、わたくし、大村様のことをご家族にお話ししてみます。奥様やお嬢様の所へお連れ下さい」

ゆめ姫は信二郎に頼んだ。

「まさか、あなたはご自分の力について、話すのではないでしょうね」

「自分の死を家族にも伝えられず、成仏できない大村様の差し迫ったお気持ちをお伝えするつもりです」

「信じると思うのですか」

「信じていただけるよう、努力するつもりです。このままでは、あまりに大村様がお気の毒ではありませんか」

「あなたがそこまでおっしゃるなら、わかりました、草太郎《そうたろう》長屋にお連れしましょう」

こうして、ゆめ姫と信二郎は草太郎長屋のある深川へと向かった。姫にとって、長い間、焦がれていた江戸の町は相変わらず新鮮であったが、

――大村様のお気持ちを思えば、今は見物気分に浸っている場合ではないわ――

途中、

「はて、大村の家族の前で何と名乗ったものか――」

信二郎は頭を痛めたが、

「まずは、大村様に虫の話を伺いたいので、お会いしたいと申し上げるつもりですけど――」

姫は楽観している。

草太郎長屋は数ある江戸の長屋の中でも、もっとも老朽化が進んでいる襤褸《ぼろ》長屋であった。屋根のところどころに穴さえ開いている。

「酷いところですが大丈夫ですか」

思わず信二郎が洩らすと、長屋の木戸門を潜《くぐ》ったところで、

「でも、つゆくさは綺麗《きれい》ですよ」

ゆめ姫は青色の可憐な花に目を止めて、

「どこに居ても、変わらないものはあるのではないかと思います」

「草木などはそうかもしれません」

「あと虫も」

「そうでしょうね」

頷いた信二郎は、

――雨が降れば長屋はほとんど水に浸かって、ぶかぶかの畳に百足《むかで》が住み着いていても、おかしくないところだ。こんな長屋でも住むとなると、大村の妻や娘は、手内職に精を出さなければならないほど窮している。世間知らずそのもののゆめ殿が訪ねて、大村のことを話しても、はたして、耳を傾ける気になるだろうか――

殊《こと》の外《ほか》、先行きが案じられた。

「ごめん」

信二郎は大村のところの油障子を開けて、顔を覗《のぞ》かせた。

「あら、先ほどのお方――」

木の骨だけの団扇を手にして、娘の春緒《はるお》が応対に出てきた。年の頃は十五、六歳、母親似なのかもしれない、目のぱっちりした小柄な娘であった。

「先ほどはどうも――」

続いて立ち上がった母の秋緒《あきお》は、紙を貼《は》って仕上げたばかりの、のっぺらぼうのような白いままの団扇を持っていた。苦労で窶《やつ》れてはいたが、りんとした気品だけは残っている。

「いただいた富久屋《ふくや》のお饅頭《まんじゅう》、娘と二人、美味しくいただきました。ありがとうございました」

秋緒は深々と頭を下げた。

「どうぞ、お入りになって。いただいたお饅頭、まだ残ってますから、それでお茶でも――」

春緒は知らずと左頬にえくぼを作っていた。

秋緒の方は、

「まだ、何か？」

小首をかしげた。

「実は再び邪魔したのは――」

信二郎は振り返った。

信二郎が話をしている間、油障子の後ろに隠れるように控えていたゆめ姫は、

「ゆめと申します。どうしても、お話ししておかなければならないことがあって、伺いました」

信二郎に続いて、土間に足を踏み入れた。

「この方、いったいどなたなのです？」

春緒はつっけんどんな声音で少しばかり眉を上げた。

「これ、春緒、失礼ですよ」

秋緒が咎《とが》めた。

——娘さんは手強《てごわ》い——

姫は虫の話を聞きたいと切り出すのは無謀だと悟った。

「昨日、大村様とお会いした者です」

「それが何なのです？　先ほどもお話ししたと思いますけど、父は虫に取り憑かれていて、思い立つと何日でも家を空けるのですよ。あなたがどこで父とお会いになったか存じませんが、わたしも母も父の消息など全く興味がありません。また、いつもの病気と思っているだけなのですから。それに虫に取り憑かれた父はずっと、虫で仕官ができると埒《らち》もないことを信じ込んでしまっていて、母もわたしもどれだけ、苦労をさせられてきたかしれないのです。わたしが覚えている家の眺めは団扇《うちわ》作りに傘《かさ》張り、とにかく、夜もろくろく眠らずに、手内職に励む母の姿です。自分勝手な父を案じる気持ちなどありはしません」

春緒は言い切った。

しかし、秋緒の方は、

「夫にお会いになったとおっしゃいましたね。どこででございましょう？」

娘の怒った目を避けるようにして、うつむいたままゆめ姫に訊いた。

「浅草にある宝龍寺のお墓の前でした。大村様は、虫を探していて、雷に打たれて亡くなっています。ただし、その骸は他の人のお墓に葬られてしまいました。それで、大村様は、お墓から出てきて、わたくしに話しかけてこられたのです。一刻も早く、このことを家族に報《しら》せて、家族の手で供養してもらいたいと願っておいでです」

「何と――」

秋緒は青ざめた。

「母上、本気になさってはいけません」

春緒は姫を睨《にら》みつけた。

「ねらいは何なのです？　お見かけしたところ、あなたはわたしどもより、よほどよい暮らしぶりのようです。こんな暮らしのわたしたちをいったい、どう使おうというのです？　事と次第によっては、奉行所へ訴え出ますよ」

「春緒、お黙りなさい。こんなわたしたちがねらわれる道理などありはしません。だとしたら、このお方のおっしゃっておられることは、真実《まこと》なのかもしれません」

秋緒が思いのほか、厳しい声で娘を叱った。

「母上に背くのは気が引けますが、わたしは父上が元気でいるのを知っています。証があります」

「どのような証です？」

姫と秋緒の口が咄嗟《とっさ》に揃った。

「母上はご存じないでしょうが、父上は小石川にある廃寺で虫を集めておられるのです。

一度、わたしは母上があまりに父上をご案じになるので、後を尾行《つけ》て、そこを知り、父上が虫を捕らえるために留守にする昼間、中を覗いてみたことがあるのです。ここでは、あまりに狭くて、虫の入った瓶を幾つも並べることはできないので、思いついた苦肉の策だったのでしょう。それでも、廃寺は物騒ですから、その廃寺の前を通る人がこの長屋に居るとわかって、父上が帰ってこない日が続くと、覗いてもらうことにしたのです。その人は昨日も一昨日も、ここ何日間か、父上が帰ってこなくなってからずっと、寺には人が居る気配で、中から出てくる人影も見たというのです。これが父上でなくていったい誰だというのです？」

「それでも、その方は直《じか》にお父上様にお会いになったわけではありませんね」

ゆめ姫は退《ひ》かなかった。

「父の代わりに誰が居たというのです？」

春緒は鼻白んだ。

「心当たりはございます。どうか、その廃寺のある場所を教えてください」

「わたしも父上の安否が気にかかります。春緒、この方たちを父上がいらっしゃるというその場所にご案内してさしあげ、ご無事かどうか確かめてきなさい」

母親に命じられて、春緒は渋々、重い腰を上げた。

その廃寺は小石川養生所《こいしかわようじょうしょ》の近くにあった。夏の終わりとあって、門内には人の腰丈ほども伸びた草が生い茂っている。

「これがたぶん、父の足跡です」

春緒は土の上の足跡を指差した。

「一昨日《おととい》は夕立がありましたから、昨日付いたものですよ」

自信たっぷりな様子であった。

足跡は本堂へと続いている。

「以前はここに虫の入った瓶が沢山あったのです」

三人は本堂へと足を踏み入れた。

「この通り――」

床の上に瓶がひしめくように並んでいる。

蓋《ふた》を摘んで開けた信二郎は、

「これはたまらん」

顔をしかめた。

中には薄茶色に乾いた芋虫がぎっしりと詰まっている。姫は危うく、きゃっと悲鳴をあげそうになった。

七

「それならホシコですよ、驚くことはありません。病気にかかって死んだ蚕です。海の向こうでは大昔から良薬として名高く、子どもの万病に効くものだと父に教わりました。ところが、日本橋の薬種問屋では、わざと殺して黒くした贋物《にせもの》が売られているそうです。独自の病に罹ったホシコでないと効き目がないのだそうですが、薬種問屋は贋物を売り続けている方が儲《もう》かるので、本物を持ち込んでも買おうとしないのだと、父がぼやいていました。病弱な若君のいる大名家に、〝これぞ、ホシコの本物で、生涯、本物のホシコを探し続けるゆえ、仕官させてほしい〟と掛け合ってみたこともあったが駄目だったと。〝贋物が本物面をしていると、いつのまにか本物と見なされて、本物が贋物扱いされるのはたまらない〟と言っていた父の言葉が忘れられません」

春緒は虫の薬効にくわしいようだった。

――春緒殿、口では悪く言っていても、心の奥底ではお父上様が大好きだったのだわ。それでなくては、こんなに薬になる虫について、くわしいはずがないもの。それゆえ、お父上様の不遇が、我が身のことのように口惜《くや》しく、お父上様を悪く言っていたのね――

ゆめ姫は春緒の父に対する思いが心に染みた。

――でも、その大好きなお父上様は亡くなってしまわれている。それを知ったら、春緒殿、どんなにか力を落とすことか――

そんな姫の想いなど知らぬ春緒は、

「これでも父は亡くなっていると言うのですか?」

埃《ほこり》の積もった供物台の上に置かれた皿を指差した。供物用の皿の上には煮豆が残っていて、開いた竹皮の隙間《すきま》から巻《ま》き寿司《ずし》が見え隠れしている。信二郎は煮豆と巻き寿司の匂《にお》い

を嗅《か》いでみて、

「どちらも干からびていないし、こんな時季だというのに、傷んでもいません」

思い違いではないかという顔でゆめ姫の方を見た。

あわててそこに置いたらしく、箸《はし》が八の字になっていることに気がついた姫は、

「仁助さん、どうかわたくしの話に耳を傾けてください。あなたは亡くなってなどいないはずです。生きていて、今、こうして、ここに隠れておられる。どんな事情があるにせよ、あなたは隠れているべきではありません。あなたのことを想って、あなたのであってあなたのではないお墓に、毎日お参りしているおこよさんのことを考えたら、ここに居続けるべきではないのです。それにあなたの身代わりに、あなたのお墓に葬られている大村様の身にもなってみてください。家族の供養が受けられずどんなにか切ないか、寂しいか。わたくしは大村様に頼まれて、あなたを探していたのです。ことの真相を明らかにして、大村様の霊に成仏していただくためです。仁助さん、聞こえていますか」

ゆめ姫の大きな声が、がーんと本堂中に響いた。

「あなたはもうこれ以上、おこよさんを泣かせてはなりません。このままでは、おこよさんの方が弱ってしまい、あの世へ旅立つことになりかねません」

すると、大きな仏像のあたりからごそごそと音がして、

「そんなはずありません。おこよの実家は裕福なのですから」

仁助と思われる肩幅の広い中年男が出てきた。廃寺暮らしが続いているせいで、窶れた

髭面《ひげづら》であった。たしかにあの大村崎右衛門と背格好、身体つきがよく似ている。信二郎は息を呑み、春緒はあっと小さく叫んだ。

「たとえ実家で楽な暮らしができても、おこよさんは幸せにはなりません」

「おこよは若い。そのうち、また、良縁にも恵まれるでしょう。このままでは店が危ないとわかったわたしは、この先、どうしたら、おこよのためになれるだろうかと、考えあぐねてあの日、自分の店を出ました。おこよのわたしへの気持ちはわかっていましたが、これ以上、わたしと一緒にいても苦労ばかりです。そんな想いをおこよにさせないためには、わたしが死んでいなくなるしかないと、小石川のあたりまで来た時、覚悟ができたのです。死ぬのは木にぶらさがろうと決めて、荒縄も買いもとめました。団子屋に立ち寄ったのは、おこよの好物だったからです。二人でどれだけ、美味しい団子屋通いをしたことか――。最後に想い出に浸りたいと思ったのです。そこで出会ったのが大村様でした。出会ったといっても、話をしたわけではありません。何やら、よほどいいことがあったのか、大村様はたいそうご機嫌で、正直、少々あの方を羨《うらや》ましく思いました。あの方は団子屋の主と話していて、虫を捕らえて調べるのを生業《なりわい》としていること、この近くの元は智岳寺《ちがくじ》と呼ばれていた廃寺を、仕事部屋にしていることがわかりました。これらは聞くともなく聞いたことでした。団子屋を出たわたしの後ろを大村様が歩いていました。松平大学頭様のお屋敷のあたりで、空模様が急におかしくなって、雨が降ってきて、雷が鳴り始めたのです。自分はどうせ死ぬのだから雷に打たれてもいいと、わたしは万事に投げやりで、かまわずにずんずん先へと歩いて行きました。するとほどなく、ぴかっと空が光って、後ろで轟音《ごうおん》が響き渡ったのです。振り返ると大きな杉の木が折れて、雨宿りをしていた大村様が倒れているのが見えました。火のついた枝が大村様に被《かぶ》さっていました。あわてて、大枝を取り除けましたが、顔はもう焼け爛れていて、一目で死んでいるのがわかりました」

そこで、一度言葉を切って、仁助はうつむいた。

「それで大村様を身代わりにすることを思いついたのですね」

「はい、今となっては、大村様とご家族に申し訳ないことをしたと悔やんでおりますが――。その時はこれしかないと思ったのです。こんなことを申しますと、言い訳がましくなりますが、常のわたしではなく、〝早く、着物と持ち物を取り替えろ、そうすれば、おまえは死ななくていい〟という声が、どこからか聞こえてきたような気がいたします。まったく、どうして、あんな罪なことができたのか――」

仁助は頭を抱えた。

「おこよさんはあなたとでなければ、幸せになれないのです。ですから、あなたはおこよさんのところへ戻ってあげてください。おこよさんは今日も、あなたのお墓であなたを想って泣いていることでしょう」

「しかし、わたしは罪を犯しました」

仁助は両手で頭を挟んだまま、首を強く横に振った。

〝それなら、わしは許すと言ってくれ〟

大村の声が聞こえた。

「実は今ここに大村様がおられます」

「大村様が――」

仁助は一瞬、ぎょっとして姫の顔を見つめたが、次には大きく頷いた。

「あなた様にはきっと見えるのでしょう」

「大村様はあなたを許すと言っておいでですよ」

〝その代わり、早く、お内儀のところへ行って、喜ばせてやってほしい〟

「おこよさんに会うようにともおっしゃっています。ですから、浅草の宝龍寺へ行ってください」

ゆめ姫は促した。

「出来心とはいえ、本当に申し訳なかった。許してくれて有り難いと伝えてください。それでは、早速」

そう言って仁助は本堂から出て行った。

「父が亡くなっているというのは本当なのですね」

春緒の目から涙がこぼれ落ちた。

「父上、父上、なにゆえ、わたしたちを残して逝ってしまわれたのです。母上もわたしも父上のお仕事が報われる日がきっと来ると信じて、それを支えにこれまで暮らしてきたというのに。ああ、それなのに――」

春緒は泣きじゃくっている。

〃泣くことはない〃

大村は穏やかな声で宥《なだ》めた。

姫には大村の姿が見えた。もはや、焼け爛れてはおらず、大きな団子鼻の如何《いか》にも人の好《よ》さそうな顔が微笑んでいる。

〃わしは分身をおまえたちに残した。並んでいる瓶の左奥から三番目と四番目を開けてみよ。そこにわしは居る〃

「どうやら、お父上様はあなた方に報せたいことがおありのようです」

ゆめ姫は大村の言葉を春緒に伝えた。

「父上がわたしたちに――」

声を詰まらせた春緒は、言われた通り、左奥の三番目、四番目の瓶の蓋を開けた。

中にはスズメバチが焼酎《しょうちゅう》に漬けられていた。

〃スズメバチもさまざまな種類があり、たいていはミツバチを狩ったりして、獰猛《どうもう》なだけの厄介者だが、これは並みのスズメバチではない。わしが今まで根気強く、追いもとめてきた種で、幻なのではないかと諦《あきら》めかけたことさえあった。このスズメバチは、関節の痛みをたちどころに癒《いや》す。思いもかけない新薬で、ホシコのように贋物は出回っていない。癒されたこれで商いを始めよ。当初は金を取らず、痛みに苦しんでいる者たちに試させるのだ。癒された者たちは口づてに薬効を伝えて、ほどなく、門前、市をなすほど繁盛するだろうが、足りなくなったとしても案じることはない。わしが雷に打たれた杉の木の裏手、そこの空き地がこのスズメバチたちの住処《すみか》で、古い樫《かし》の木の根元に幾つもの巣があって、ハチたちが湧《わ》き出てきている。このハチによって、痛みはじめていた寄る年波の自分の足が癒され、薬効を確信したわしは、そこへ今一度、確かめに行こうとして、雷に命を奪われたのだ。くれぐれも、この場所のことは誰にも伝えてはならぬ〟

ゆめ姫はそっくりそのまま、大村の言葉を春緒に伝えた。

——これで、お墓から空蟬がハチのような音を立てて、吹き出してきた理由が、全部やっとわかったわ——

大村崎右衛門は仁助の墓から掘り出された後、妻と娘の手で手厚く、草太郎長屋近くの寺に葬られた。

この夜、姫は夢を見た。大村の墓を一筋の光が照らし出している。

その光はいつしか、茶色い虫の大群に変わった。もはや、それらは空蟬ではなく、ぶーん、ぶーんと唸《うな》る、何万、何十万ものスズメバチであった。

大村崎右衛門はうるさい羽音を楽しむかのように、つるりとした馬顔に会心の笑みを浮かべていた。

〝いよいよ、念願の旅立ちですね〟

姫が声をかけると、

〝よかった、助かった。焼け爛れた恐ろしい顔のままでは、成仏できず、無間《むげん》地獄に止まって、恨み深い悪霊になるしかないと、諦めかけたこともあったのだ。これでやっと、魂が安住の地へ導かれるのですね。あなたのおかげです。礼を言います〟

大村は光るスズメバチの中を歩き始めた。

第三話　ゆめ姫が熟柿《ずくし》探しに奔走する

一

夢の中で姫は夢目安箱の前に立っていた。

その箱の小さな錠前を外すと、二つに折り畳んだ紙が出てきた。開いてみると、中は白紙のままで、煎餅《せんべい》に似た香ばしさとほんのりと甘やかな果実の匂《にお》いが漂ってきた。

——まあ、なんって美味《おい》しそう——

そこで目が覚めて、

——わらわって、なんって食いしん坊なのかしら——

この夢の話は誰《だれ》にもしないことに決めた。

藤尾と住む夢治療処《ゆめちりようどころ》の裏手には見事な柿《かき》の木がたわわに実をつけていた。

「わたくし、干し柿なら拵《こしら》えることができます。羊羹《ようかん》屋の娘は、売り物の羊羹を滅多に食べるものではない、羊羹神の罰が当たると、両親に口やかましく言われていたので、秋から春にかけてのおやつはたいてい干し柿でしたから——」

藤尾は早速、よろず承り屋を呼んで柿の実をもがせ、柿の実の入った籠《かご》をゆめ姫の前に並べて、

「干し柿は美味しいものでございますよ。お任せください、日の本一の干し柿に仕上げてみせます」

自信たっぷりに請け合った。

籠の中の艶《つや》やかな橙色《だいだいいろ》の柿の実は、実は生ではとても渋くて食べられない渋柿《しぶがき》であった。

干し柿は渋柿で作る。皮を剝《む》いて湯通しをし、紐《ひも》を通して軒下に吊《つ》るす。十四、五日で粉がふいて、渋みが抜け、歯の弱い老人などには食べ頃になる。だがこれでは長く保存できないので、ここで柿をよく揉《も》んで乾燥させやすくする。一月ほどで水気のほとんどない、固くて長持ちする干し柿が出来上がるのであった。

初霜の下りる頃、

「ようやっと、干し柿が出来上がりました」

藤尾は菓子盆に干し柿を盛りつけてきた。

「どうぞ、召し上がってくださいませ」

「それでは」

ゆめ姫は藤尾の干し柿を賞味した。

「いかがでございましょう？」

「とても美味しいわ」

「そうおっしゃっていただけると、この藤尾、何よりうれしゅうございます。実はこの干し柿、大奥の浦路様へもお届けしました」

浦路とは大奥総取締役、御台所《みだいどころ》に次ぐ権力者であった。

「こんな美味しいころ柿は食べたことがないと、たいそう喜ばれ、お礼の文までいただきましたので、またお届けいたしました」

干し柿はころ柿ともいう。

「浦路様のご機嫌は窺《うかが》っておきませんと」

これは姫のためばかりではなかった。賢さを自負しつつ、不器量を自認する藤尾には、大奥での出世という密《ひそ》かな大望があった。それにはまず、浦路に〝使える愛《う》い奴〟だと認められなければならない。

「大儀なことです」

「それでふと思いついたのですが、これを上様へお届けしてはいかがでしょう。上様は歴代の上様方の中では、飛び抜けて歯がお丈夫で、干し柿がたいそうお好きでいらっしゃいました。姫様からの届け物の干し柿だとなれば、殊《こと》の外《ほか》お喜びになるのではないでしょうか」

決まり切ったことだが、浦路や御台所のさらに上にいるのは父将軍であった。

「でも、藤尾、この干し柿をつくったのはそなたでしょう？　わらわは何もしていないのですよ」

姫は苦笑した。

「わたくしは姫様にお仕えしている身。わたくしが姫様のためにつくったのですから、姫様がつくったも同然です」

このあたりも藤尾の賢さの顕《あらわ》れであった。

「藤尾の気持ちはうれしいけれど、果たして父上様は干し柿をお望みかどうか――。実はこんな便りが父上様からじいのところへまいり、じいも頭を悩ませているのです」

「そういえば、昨日、信二郎様が、方忠様の文を言付かっておいででしたね」

「困った父上様です」

ゆめ姫は父将軍が側用人《そばようにん》の池本方忠に宛《あ》てた文を藤尾に見せた。

それには以下のようにあった。

このところ、そこかしこから好物の干し柿が届くが、口にする気がしない。年齢《とし》のせいか、あれは固すぎる。そんな折、市井に塩梅屋とか申す一膳飯屋《いちぜんめしや》秘伝の〃熟柿《ずくし》〃なるものがあると聞いた。こっそり、瓦版を手に入れて、食通が絶賛している一文を見つけたのだ。熟柿は口に入れるとえもいわれず芳《かぐわ》しく甘く、泡雪のように溶ける絶品だとか――。菴摩羅果《あんもらか》に等しいとも言い、菴摩羅果は仏の食べ物であるとも――。仏の食べ物であるならば、わしの命も延びよう。是非、熟柿を所望したい、何としてもこれを探し出すように――。

「たしかに格別に美味しそうですね」

藤尾はごくりと生唾《なまつば》を呑《の》んだ。

「ですけど、そのようなもののことは聞いたことがありません。熟柿というものは本当にあるのですか？」

「木原店にある塩梅屋という店の主《あるじ》が僅《わず》かな数つくっているだけなのだそうです」

「その主、上様への献上ともなれば、飛び上がって喜ぶのではないでしょうか？」

「ところがそうでもないようなのです。先代の主の遺志で、熟柿のほとんどは太郎兵衛《たろべえ》長屋とかいう長屋の貧しいお年寄りたちのところへ届けられると以前、信二郎様から伺いました」

「塩梅屋に、まだ幾つか残っているのでは？」

「それがもう、影も形もないので、じいも困り果てているようなのです。じいからの文にはこのようにありました」


上様の仰せなれば、何としてもと思い、家臣を塩梅屋に向かわせたのですが、すでに熟柿は太郎兵衛長屋に配られた後でした。このままでは上様の逆鱗《げきりん》に触れて、塩梅屋にもお咎《とが》めが及ぶかもしれません。どうか、姫様から上様に熟柿探しをお諦《あきら》めいただくよう、ご進言賜りたくお願い申し上げます。

「たしかにこれは大変なことになりそうですね」

大きくため息をついた藤尾は、

「熟柿というのは、それほどつくるのがむずかしいものなのでしょうか？」

「秘伝というからにはそうでしょう」

「塩梅屋へ出向いてもう一度、つくるようお願いしたらどうでしょう？」

「父上様の文には塩梅屋の庭の美濃柿《みのがき》を使うから、天上の味になるのだと食通たちが書いているとありました。菓子屋がこれほどの人気なら、商品にして売り出したいと、熟柿を真似《まね》てつくったところ、ただの腐った柿になってしまったという、笑えない話もあるのだとか――。父上様は食通中の食通です。新たにつくらせた熟柿がそれほどでもなかったら、どれほど嘆かれることか――」

ゆめ姫はやや顔色を青ざめさせた。

「塩梅屋に残っていなくても、太郎兵衛長屋の者が一つくらい食べずに残しているかも。まずは太郎兵衛長屋へ行ってみませんか」

珍しく、藤尾の方が先に身仕舞いを始めた。

二人は太郎兵衛長屋の木戸門の前に立った。

太郎兵衛長屋は江戸市中にある長屋の常で、雨が降れば必ず雨滴《うてき》を受ける盥《たらい》を出さなければならない。畳の色が緑色で藺草《いぐさ》のよい匂いがしたのは、いつのことだったかというような有り様である。

「どなたにお訊《たず》ねしたものかしら?」

「よい案がございます」

藤尾は端にある、厠《かわや》の方へと歩いて行った。

「ここなら、待っていれば必ず、人が立ち寄るはずです」

すると、ほどなく、白髪の老人が厠に近づいてきた。

「すみません」

藤尾が声をかけて、塩梅屋から届けられた熟柿を譲ってほしいと頼んだ。

「病の床にある夫がどうしても食べたいと申しまして――」

「どうか父上様のためによろしくお願いいたします」

ゆめ姫は頭を下げた。

「わしは源蔵《げんぞう》、この長屋を預かっている大家だ。病の床にいるという人には気の毒だが、熟柿はとっくに皆の胃《い》の腑《ふ》の中だ。あれは年に一度、身も心も夢心地にしてくれる物だから、すぐに平らげる。だから、ひょっとすると、もう、ここへ落ちているかもしれない」

そう言って源蔵は厠の方を見てにやりと笑った。

――何て下品な――

藤尾は眉《まゆ》をひそめた。

ゆめ姫が耳を澄ますと、

〝南無阿弥陀仏《なむあみだぶつ》、南無阿弥陀仏〟

どこからか念仏を唱える声が聞こえてきた。

「どなたかのご不幸なのでは？」

姫が呟《つぶや》くと、

「おすえさんの四十九日を長屋の連中が集まってやってるんだよ。坊主も呼べない粗末な法要だが気持ちだけはある。何しろ、おすえさんは可哀想《かわいそう》な女《ひと》だったからね。亭主と別れた後、仲居をして、女手一つで育てた娘、おゆみちゃんが薄情な男に想《おも》い入れた挙げ句、酷《ひど》い死に方をしちまったんだ。おすえさんの生き甲斐《いがい》は、おゆみちゃんだけだった。ここは見ての通り、薄汚い長屋だが、おすえさんのところだけは小綺麗《こぎれい》に片付いてた。仲居だけじゃ、おゆみちゃんの嫁入り支度に足りないからって、おすえさんは日を決めて若い娘たちにお針を教えてたんだ。もっとも、おゆみちゃんのことがあってからは、おすえさんは飯が喉《のど》を通らなくなって、身体《からだ》が弱りきり、とうとう仲居を続けられなくなったがな。それでも、誰でもお迎えが来るまでは、生きて飯を食わなきゃならないから、お針を教えるのだけは続けて、糊口《ここう》を凌《しの》いでたんだよ」

二

「酷い死に方とは？」

「愛宕神社《あたごじんじゃ》の境内の松の木で首を吊ったんだ」

「それでは自死――」

姫は絶句した。

「そのせいだろう、おすえさんはいつも、〝あたしは悪いおっかさんだった〟って言ってたよ。最初は何のことかわからなかったが、話を聞いて、首を吊ったおゆみちゃんと関《かか》わりがあるらしいと見当がついた。ただし、そうなんだろうとは、誰もおすえさんに言えなかった。それでも今際《いまわ》の際にね、〝おゆみが愛宕神社の松の木で縊《くび》れ死んだのは、あたしがおゆみに、あんな目に遭《あ》ったのは、身から出た錆《さび》だと言って、冷たくしたからです。酷いことを言ってしまった。だから、死んであの世で会っても、あの子はあたしを許してくれないかもしれない〟って、言い残したんだ。気の毒に苦しそうな死に顔だった」

「わたくしにもおすえさんたちのご供養をさせていただけませんか」

姫は願い出た。

「そうかい。それは、ありがたい限りだが、お返しはできないよ。おすえさんとこの分はさっき言ったように、熟柿を供物にしてるはずだ」

源蔵は厠を指差して、歯の抜けた口で微笑《ほほえ》んだ。

念仏を唱える声がしているところの油障子を源蔵が開けると、線香の匂いがぷんと鼻をついた。何人もの老人が肩を寄せ合って、おすえの心ばかりの法要を営んでいる。

二人の目は供物の熟柿に吸い寄せられた。

――あれが熟柿でしょうか――

藤尾の目がぱちぱちと躍った。

――そう？　ただの熟れ頃の柿にしか見えないけれど――

――でも、熟柿がどんなものなのか、わたくしたちは見たことがないわけですから――

――だったら、やはり、あれが熟柿でしょう――

自分たちに注がれている源蔵の視線に気がついたゆめ姫は、

「まあ、野菊が綺麗」

湯呑《ゆの》みに挿してある、小さく黄色い菊の花に見惚《みと》れたふりをした。

「ここの路地に咲く野菊をおすえさんも好きでね」

源蔵はしんみりと呟いた。

ゆめ姫は〝すえ〟、〝ゆみ〟とだけ書かれた、小さな位牌《いはい》に向かって手を合わせた。

〝おすえさん、おゆみさんとおっしゃるのですね。何かこの世に心残りがおありでしたら、わたくしが伺います〟

話しかけて、目を閉じてみたが、おすえもおゆみも現れず、これといって変わりはなかった。

――よかった、お二人とも成仏なさったんだわ――

姫はほっとして、

「それではこれで」

長屋を出て行こうとすると、木戸門のところまで送ってくれた源蔵が、

「見も知らない人にまで供養してもらって、おすえさん母子《おやこ》は果報者だよ。ありがたいね。そうだ、思い出した。届けてくれた熟柿は一つ多かった。頭数より多くあっちゃ、喧嘩《けんか》になるかもしれないってことで、その時、お返ししたんだ。もしかすると、塩梅屋に残ってるかもしれない」

「これはいいお話をお話しくださって、誠にありがとうございました」

藤尾は初めてにっこり笑った。

太郎兵衛長屋を後にした二人は、日本橋木原店の塩梅屋へと足を早めた。

昼四ツ半（午前十一時頃）を過ぎたばかりである。

「塩梅屋って昼も料理を出しているんでしょうか」

藤尾は気がかりになった。

「さあ、どうかしら。お昼は商っていないと信二郎様から伺った気がします。けれど、信二郎様はたいそう美味しい卵かけ飯を、ご馳走《ちそう》になったともおっしゃっていましたね
——」

「わたくしたちもいただきたいものですね」

そんな他愛《たわい》もない話が尽きる頃、塩梅屋の店構えが見えてきた。

「ずいぶん小さな店ですね」

多少、気落ちした様子の藤尾を、

「大きい、小さいで料理の味が決まるわけではありません」

姫がたしなめた。

「お邪魔いたします」

ゆめ姫が声をかけ、腰高障子を開けて入っていくと、

「すみません、お客さん、うちは今のところ、夜からなんですよ」

後ろを向いたまま、蕪《かぶ》を剝いていた主の季蔵が答えた。

「わたくしどもは、お昼をいただきに参ったのではございません」

「夢治療処の主ゆめでございます」

「奉公人の藤《ふじ》でございます」

藤尾がぐいと顎《あご》を引いたので、あわてて、季蔵は、

「塩梅屋季蔵でございます」

深く辞儀をした。

「お願いがあって参りました」

藤尾は切り出そうとしたが、不意にぐうと大きく腹の虫が鳴った。藤尾は真っ赤になってうつむき、ゆめ姫はくすくす笑い出し、季蔵は、

「いかがです。お話を伺う前に昼餉《ひるげ》を召し上がっては？」

「とんでもございません。昼は商っておられないのでしょうに」

姫が遠慮すると、

「卵かけ飯しかできませんが」

「まあ、それがいただけるの？」

藤尾の顔が輝いた。

「すぐにご用意いたしましょう」

季蔵の卵かけ飯は、信二郎が繰り返し話さずにはいられないほど美味であった。産み立ての卵だけが持つコクと甘さを、塩梅屋のこれまた秘伝だという煎《い》り酒《ざけ》が、いい具合に引き立てている。飯が炊きたてではなく、ほどよく蒸れているので、卵汁がダマにならず、綺《き》麗《れい》に混ざっている。黄金色の飯の上に載った山葵《わさび》がよい後味だった。

姫は二膳、藤尾は三膳、お代わりをした。ほうじ茶が振る舞われたところで、

「それで、お話というのは何でしょうか」

季蔵の問いに、

「あら、いけない、わたくしとしたことが食べることに夢中で――」

またしても藤尾は赤くなった。

「是非とも、病の床にいる父のために、分けていただきたいものがございまして――」

ゆめ姫は熟柿を譲ってほしいと率直に頼んだ。太郎兵衛長屋の源蔵から聞いた話も言い添えた。

「たしかに一つ余ったことは余ったのですが」

季蔵は当惑顔になって、

「熟柿は先代主の長次郎《ちょうじろう》が考案したものです。数少なくしか拵えられませんので、わたしどもも長次郎の仏壇に上げたものを、月命日が明けた後で分け合って食べるのです。今年は一つ返していただいたので、今、仏壇には二つ上がっているのですが――」

「それなら、その一つを是非、わたくしどもにお譲りください。この通りです」

藤尾はかしこまって、頭を下げた。

驚いた季蔵は、

「どうか、頭をお上げください。こればかりはわたしの一存ではどうにも――。そうだ、少しお待ちください。頼んでみますので」

勝手口を出て行った。

ほどなく戻ってきた季蔵は、やや浅黒い顔の小粋《こいき》な印象の美女と一緒だった。

「今は嫁がれて八丁堀にお住まいですが、先代のお嬢さんです」

「き玖《く》と申します」

ゆめ姫と藤尾はおき玖と挨拶《あいさつ》を交わした。

「熟柿のこと、今、季蔵さんから聞きました。お分けしてもよろしいのですが、条件がございます」

「金子《きんす》ならいかほどでも」

藤尾は口走ったが、

「金子は一文たりとも要りません。是非とも、叶《かな》えてほしい夢治療があるのです。実はあたし、夢治療処の前を何度か通っているんです」

――夢で見た、美味しい匂いの紙を夢目安箱に入れたのはこの女《ひと》かもしれない――

思い詰めたおき玖の顔を、じっと見つめていた姫は、

「もしや、亡くなったどなたかにお会いになりたいのでは？」

訊かずにはいられなかった。

「さすが、おわかりになってくださいました」

おき玖はほっとなごんだ表情になった。

「まさか、死んだとっつぁんのことでは？」

季蔵が不安そうに呟くと、

「そうじゃあないのよ。お汁粉屋の平吉《へいきち》さんの娘おかよさん。おかよさんが亡くなったのは一年半ほど前なのだけれど、夢に出てこなかったのは昨夜だけで、このところ、そのおかよさんのことを、毎晩、夢に見るのよ。苦しそうな顔をしてお腹《なか》を押さえて、痛い、痛いって――」

「おかよさんとはお友達だったのでしょうか？」

姫は念を押してみた。

「いいえ。おとっつぁんと平吉さんは親しかったけど、娘同士は、それほどでもなかった。だから、友達でもないおかよさんの夢を見るのは、きっと何かある。おかよさんの死に方が普通じゃないんで、あの世のおとっつぁんが、あたしに仇《かたき》を取らせるつもりじゃないか

って思うんです」

「おかよさんは病いが高じて亡くなったのですか？」

「違います。愛宕神社は高い石段で有名でしょう。朝早く、お詣りにきた人が、石段の下で息絶えているおかよさんを見つけたんです。頭を打って血を流していたけれど、血が出ていたのは頭からだけじゃなかったって。帯から下が血まみれだったそうです」

「それなら、身籠《みご》もっておられたのだわ、きっと」

藤尾はあっさりと断じた。

三

「そんな噂《うわさ》も聞きました」

「父親の平吉という方は何と言っているんです？」

藤尾はずばずばと訊いた。

「そんなこと」

おき玖は目を怒らせて、

「気の毒すぎて訊けるわけありませんよ。それが町人同士の人情ってもんです。平吉さん、おかよさんが亡くなってから、すっかりお酒に嵌《は》まって、汁粉屋の店も人手に渡ってしまい、今は山城町《やましろちょう》の長屋に住んでいるはずです」

「おき玖さんは人情深いから、苦しんでいるおかよさんの霊と話をして、この世への思い残しを叶えてさしあげたいとお思いなのでしょう」

姫の言葉に、

「そうです」

おき玖の目が和らいだ。

「わたくし、おかよさんに会えるよう努めてみます。おかよさんの持ち物とか、縁《ゆかり》の品はありませんか」

故人の縁の品を枕元《まくらもと》に置いて眠りにつくと、故人もしくは関《かか》わりのある事柄が夢に現れることが多い。

「そう言われても、友達ではなかったので――」

おき玖はしばらく思いあぐねていたが、ふと思いついて、

「子どもの頃、おとっつぁんが〝これは平吉さんとこのおかよちゃんとお揃《そろ》いだよ〟と言って、芝《しば》の光徳寺《こうとくじ》のお守りを頂いてきてくれたことがあって、それならあります。たしか仏壇の引き出しにしまったはずですから。ちょっと待ってください」

そう言って、おき玖は勝手口から仏壇のある離れへ行った。

戻ってきたおき玖は古ぼけた赤いお守りを片手に、もう一方の掌《てのひら》には、熟柿を大事そうに載せていた。

「どうぞ」

お守りは姫が受け取り、熟柿は恭しく藤尾が掌の懐紙の上に載せた。

「ありがとうございます。この通りです」

藤尾は深々と頭《こうべ》を垂れた。

「必ず、おかよさんにお会いします」

そう言い切ると、ゆめ姫は藤尾を促して帰路についた。

夢治療処に戻ったゆめ姫は、方忠宛《あ》てに文を託すと、早速、俊足自慢の家臣が熟柿を受け取りに訪れ、渡すことができた。

「よかった。これで、あの男振りのよろしいご主人に禍《わざわい》が及ぶこともなく、ひとまず、ほっといたしました」

胸を撫《な》で下ろした藤尾は、自分が禍を逃れたかのような、うれしそうな顔をしている。

「あのご主人、季蔵さんとおっしゃったけれど、連れ合いはおいでなのかしら？」

呟いた藤尾に、

「さあ、どうでしょう」

姫は、以前、宝龍寺で季蔵を見かけたことがあったが、言葉を交わしたのはさっきが初めてだった。

「きっとまだ独り身なのでしょうが、おき玖さんという、先代の娘さんはあの季蔵さんへの想いを越える、素敵なお相手に巡り会えたゆえに縁づかれたのでしょうね」

「そうかしら？　許嫁《いいなずけ》ってことも考えられるのではないかしら？」

早い時には生まれてすぐ婚約が決まり、顔を見ずに輿入《こしい》れするのが、将軍家に生まれた者の定めであった。姫はこの手の縁組みしか知らずに過ごしてきた。

「これはもう間違いありません。もっとも、季蔵さんの方はそうではなかった気がしますけれど」

「藤尾は人の恋路にくわしいのですね」

ゆめ姫は苦笑した。

「あれこれと想像するのが好きなものですから。想像だけは限りなく広げられますし――」

藤尾はちらっと寂しそうな表情になり、

――藤尾はもしかして、季蔵さんに一目惚《ひとめぼ》れ？　藤尾はわらわのために生きているというけれど、いつまでもこうして仕えてもらうのは、酷というものかもしれない――

ゆめ姫は胸の奥がちくっと痛んだ。

ところが、藤尾は、

「わたくし、あのご主人が少々好みです」

がらりと明るい笑顔になって、

「わたくしは近松《ちかまつ》が大好きですし、姫様にお仕えしながら、叶わぬ片想《かたおも》いも体験できて、これはなかなかおいしいお役目と思っているのです。中臈《ちゅうろう》として、大奥に居るだけではこうは行きませんもの」

近松門左衛門《もんざえもん》は叶わぬ恋の顚末《てんまつ》を、心中物として大成させた人形浄瑠璃《にんぎょうじょうるり》作家である。

「そなた、大奥を下がれば、幾らでも嫁入りできるはずですよ」

「それでも、気に入った方のところへ嫁げるとは限りません。わたくし、自分のことは棚に上げて、殿方の好みはなかなかうるさい面食いなのです。ですから、どうかわたくしのことはお気になさらないでくださいませ」

藤尾はうふふと屈託なく笑い、すぐに真顔になって、

「それより、今回、姫様は上様の熟柿と引き替えに、おかよさんの霊とお会いにならなければなりません。わたくし、実は案じられてならないのです」

姫を見つめた。

「どうして？」

「女が身体に子を宿したまま亡くなると、姑獲鳥《うぶめ》と呼ばれる、恐ろしい妖怪になると言われております。おかよさんもこのままでは、姑獲鳥になってしまうのではと――」

「姑獲鳥の話なら知っています。姑獲鳥にならないためには、お腹の子を母親に抱かせてやらなければならぬのです。ただし、身籠もって早いうちに亡くなった場合、子はまだ人の形に遠いのだそうで、そういう時は代わりに人形を抱かせなければなりません。わらわは、おかよさんが、姑獲鳥になりかけてこの世を彷徨《さまよ》っているのであれば、安らかに成仏できるよう、できるかぎりのことをしたいと思います」

ゆめ姫はきっぱりと言い切った。

この夜、姫は赤いお守り袋を枕元に置いて眠りについた。廊下に姫の身を案じて、寝ず

の番をする覚悟の藤尾の気配を感じたが、

――咎《とが》めたところで、藤尾はきかぬであろう――

知らぬふりをした。

夢を見た。

まだ若い父と幼い娘の夢である。父が娘の手を引いて、縁日で賑《にぎ》わう寺の境内を歩いていた。

――きっと、平吉さんとおかよさんだわ――

姫は確信したが、

〝おとっつぁん、あたし、あの蛸《たこ》の足が食べたい〟

焼き蛸が食べたいと駄々をこねた娘に、

〝駄目だよ、おき玖。こういうところの蛸は、いつ獲《と》れたものかわからないんだから〟

父親がそっと耳打ちした。

――これはおき玖さんとお父さんの思い出だわ――

ゆめ姫は夢の中でがっかりした。

〝蛸、蛸、蛸が食べたい。おとっつぁん、家でも蛸、食べさせてくれないし、意地悪、意地悪、おとっつぁんの意地悪〟

子どものおき玖はとうとう泣き出した。

〝わかった、わかった。そのうち、必ず拵えてやるから、今日のところは大人しく帰るん

だよ。鼈甲飴《べっこうあめ》ならいい、買ってやろう。何の形がいい？〃

すると今、泣いた烏《からす》がけろりとして、

〝兎《うさぎ》、あたしうさちゃんが好き〃

おき玖はにこにこし始めた。

夢はこれだけだった。

翌朝、目を覚ましたゆめ姫は縁側に出て佇《たたず》み、しばらく、からたちの生け垣を見つめていたが、とうとうおかよは現れなかった。

「昨夜は苦労をかけました」

朝餉《あさげ》が終わると、姫は眠そうな藤尾にそっと囁《ささや》いた。

「姑獲鳥に襲われたりせず、姫様に大事なく何よりでございました」

「でも、姑獲鳥だけではなく、おかよさんも出てきてはくれなかったのです。夢はおき玖さんと、亡くなった塩梅屋の先代のものでした。あれほどおき玖さんと約束したというのに、このままでは、何もお伝えすることができません」

ゆめ姫は沈み込み、

「もしかして、おかよさんはこの世に心残りなどないのかもしれませんよ」

見かねた藤尾が慰めた。

この日、南町奉行所与力秋月修太郎こと、信二郎が夢治療処を訪れたのは、八ツ（午後二時頃）近くであった。

客間で姫と向かい合った信二郎は、挨拶もそこそこに切りだした。いつになく緊張しきった面持ちでいる。

「昨夜、め組の小頭格《こがしら》で纏持《まといもち》の辰造《たつぞう》が死にました」

江戸で町火消しと呼ばれる消防隊は、いろは四十八組と、本所深川の十六組を合わせた六十四組である。中でも纏持は、火事場の屋根に纏《まとい》と言われる、白染塗りの各組の印を載せた大きな振り物を立て、家が焼け落ちそうになるまで居座る、町火消しの花形であった。

「昨夜、火事はありましたか？」

夢を見ることの多い姫の眠りは浅く、火事を報《しら》せる半鐘《はんしょう》が鳴ったのなら、目が覚めるはずだった。

「辰造は火事で焼け死んだのではありません」

信二郎は首を横に振った。

「それではどのような亡くなり方をしたのですか？」

「辰造は住んでいる芝源助町《げんすけちょう》の長屋の路地裏で、腿《もも》の急所を刺されて死んでいたのです」

「あなたのご様子から察して、これは是非とも早急に、下手人を捕まえなければならぬのでしょう？」

「その通りです。纏持は勇気のいる役目で、いわば火事場の英雄ですから、死んだとなると、瓦版屋がああでもない、こうでもない、町方は何をしているのかと、かしましく書き立てるのです。市中の治安に不安を抱く者たちが出てくる前に、南町奉行所の面目にかけて、事件を解決しなければならないのです」

信二郎はじわりと目のあたりに苦渋を滲《にじ》ませた。

四

「ところで辰造さんはどんなお方だったのでしょう？」

「町火消しの纏持は娘たちの思慕の的ですから――」

信二郎は懐から、名が書かれた紙を出した。

「長屋の住人たちや、仲間の何人かに訊いたところ、ここ何年間かの辰造の女出入りはかなりのものだったようです」

姫は信二郎が畳の上に広げた紙を目で追った。

芝七軒町《しちけんちょう》の料理屋播磨屋《はりまや》の元仲居おすえの娘おゆみ
弓町《ゆみちょう》の扇子問屋里見屋《さとみや》の娘おえん
山王町《さんのうちょう》の薪炭問屋諏訪屋《すわや》の娘おつね
思い詰めていた様子で、辰造を訪れていた身元不明の娘――

――何と太郎兵衛長屋のおすえさんの娘さんの名がある――

姫は心の中で呟《つぶや》いた。

「このうち、おゆみはすでに亡くなっています。名前のわからない娘の方は、娘が訪ねてきた何日か後に、その弟という、十歳かそこらの子どもが辰造のところへ来たそうです。辰造の足にすがって、〝これ以上、姉ちゃんを虐《いじ》めないでくれ〟と言っていたそうですから、よほど、深い事情があったのでしょう」

「辰造さんは、四人もの方と先を約束していたのでしょうか」

「それはあり得ませんよ」

信二郎は苦い顔になった。

「辰造はまだ二十一歳。遊びたい盛りで、始終、吉原や岡場所へ繰り出していたそうですし、纏持は命知らずということもあって、なかなか所帯は持ちたがらないものです」

「それでは皆さん、承知で辰造さんとつきあわれたのですね」

「火事が起きた時、どの瓦版屋も真っ先に纏持を絵に描《か》きます。これだけの人気者に声をかけられたら、天にも昇る気持ちになってしまうのは、娘なら皆、仕方のないことですよ」

信二郎は老成した物言いをして、

「まあ、それがしはつくづく、年頃の妹がいなくてよかったと思いますが」

ため息をついた。

「おえんさんとおつねさんは今、どうしておられますか？」

「それぞれ縁づいています」

「お会いできませんか？」

「昔のことを持ち出されるのは気に染まぬものでしょうが、奉行所の命とあれば諦めるはずです。それがしがご一緒いたします」

こうして翌日、早速、ゆめ姫は信二郎と共に、おえんとおつねに話を訊くことになった。

「ことがことだけに、嫁ぎ先の手前もあり、おえんには実家から、こっそり文で報せてもらいました。親の急病と偽って、実家に戻ってもらうことにしたのです。おつねは跡取り娘ですから、近くの茶屋で落ち合うことにしてあります」

信二郎は細かな心配りを見せた。

おえんの実家の弓町の扇子問屋里見屋では、信二郎が名乗ったとたん、

「これはこれはよくおいでくださいました。おえんは奥におります」

主の父親は愛想を口にしつつも、苦渋に満ちた顔を隠せなかった。

部屋で待っていたおえんは、人妻とは思えない、幼げに見える、色白の大人しそうな娘であった。ぱちぱちと休みなく瞬きを繰り返すのは、緊張している証だった。

「町火消しの辰造が死んだことは知ってるな」

信二郎の言葉にぶるっと身体を震わせて、

「はい」

おえんは頷《うなず》いた。

「以前、辰造と親しかったことは調べがついている。その時の模様を話してもらえると有り難い」

「それは――」

おえんは頭を振って、

「もう、思い出したくなぞございません」

うつむいた。

「わかっている。だが、辰造も人の子。殺されていいわけがない。下手人がお縄にならずば成仏もできまい」

信二郎は諭すように促した。

「わかりました」

顔を上げたおえんは、

「あれは去年の川開きの日のことでした。花火とあって、町火消しも詰めていました。あたしは供の者の目を盗んで、土手を一人で歩いていました。せめて、見事な花火を見る時ぐらい、一人になりたかったんです。歩いているうちに、人が尾行《つけ》てくるのがわかって、気がついてみると、ごろつきたちに取り囲まれていました。悲鳴を上げようとしても声が出ません。すると、突然、〝止《や》めときな〟という男の人の声がしたんです。ごろつきたちが、〝余計なお世話だ〟と言い返すと、その声は〝俺をめ組の纏持《まといもち》、辰造と知ってのことか〟と一喝、ごろつきたちは逃げて行きました。そこで、あたしは初めて、自分を助けようとしてくれたのが、日頃から憧《あこが》れていた辰造さんだとわかったのです」

「その縁で親しくなったのだな」

「そうです」

おえんは顔を赤らめた。

「それをお一つ、いただけませんか。わたくし、栗に目がないものですから」

ゆめ姫はおえんの手元にあった菓子盆を見遣った。栗饅頭《くりまんじゅう》が盛られている。

「どうぞ」

おえんは菓子盆から箸《はし》で栗饅頭を摘むと、姫が広げた懐紙の上にそっとのせた。

この時、栗饅頭を介して、ゆめ姫はおえんに触れた。そのとたん、見えている世界が変わった。

おえんの実家里見屋の店先に、おえんが逞《たくま》しい身体つきの美丈夫と、いそいそと連れだって入って行く。

——一緒なのは辰造さんね——

〝おっかさん、おとっつぁん〟

おえんの声は艶《つや》めいている。

母親と思われるお内儀は、眠れずに娘の帰りを待っていた赤い目を瞠《みは》って、

〝おえん、おえん、よくぞ無事で〟

人目も憚《はばか》らず、ひしと娘を抱きかかえた。

おえんは、

〝纏持の辰造さんに危ういところを助けていただいたのよ〟

誇らしげに言い、

〝じゃあ、俺はこれで〟

辰造は踵《きびす》を返した。

〝辰造さん〟

母親の身体を突き放して、後を追おうとしたおえんを、後から出てきた父親が、

〝おえん、諦めるんだ。たしかに町火消しは江戸の花だが、おまえのところでだけ咲く花ではない〟

諭して止めた。

「辰造さんとは一度きりの逢瀬《おうせ》だったのですね」

姫はおえんを見つめた。

「ええ」

おえんはまたうつむいて、

「おとっつぁんやおっかさんは、最初《はな》っから、向こうは遊びだって決めつけてましたけど、あたしは、運命の人にやっと出会えたんだって、長いこと思い込んでました。でも、毎日のように文を書いても、返事は貰《もら》えず仕舞いでした。そのうち、辰造さんを想う余り、ご飯もろくろく喉を通らなくなって、床に臥《ふ》せってしまい、案じたおとっつぁんが、め組の

詰所を訪ねて、辰造さんの本音を訊いてきたんです。火消しは危ない仕事だけれど、娘が思い詰めていることだし、何とか嫁にしてくれないかって。そうしたら、あの男《ひと》、何て言ったと思います？　〝嫁の押し売りは何人目だろうか？　この手の押し売りだけは勘弁してもらいたい〟ってせせら笑ったそうです。帰ってきたおとっつぁん、大事な娘を品物扱いしやがったって、泣いて口惜《くや》しがって――。それを見ていて、あたし、憑《つ》きものが落ちたように、ようは遊ばれて捨てられたんだ、もう諦めようってやっと思えたんです。その後すぐ、おとっつぁんの勧めるところへ嫁いだんです」

「さぞかし、辰造を恨みに思っていたことだろう」

信二郎が水を向けると、

「辰造さんを恨むよりも、自分の馬鹿さ加減が恥ずかしくて、思い出すたびに涙がこぼれました。でも、今はもう、そんなことで悩んではいられません。だって――」

愛おしそうに腹を手で撫《な》でた。

姫と信二郎は祝いの言葉を述べて、里見屋を辞することにした。

山王町の諏訪屋への道すがら、

「おえんは辰造殺しに関わってはいませんね」

信二郎は確信ありげに言い切って、

「身籠もった女が昔の男に復讐《ふくしゅう》するとは思えません。女は身籠もるとお腹の子の無事だけを、ひたすら念じるものだと亡くなった養母が言っていました。だから男《おのこ》は女子《おなご》に優しくしなければならない、傷つけるような振る舞いは以《もっ》ての外だと、よく諭されたものです」

と続けた。

「わかるような気がします」

姫は短く相づちを打った。

「言いそびれていましたが、おつねは跡取り娘で手代と夫婦になって、薪炭問屋諏訪屋を継いでいます。諏訪屋の近くにある、若竹《わかたけ》という名の茶屋の二階で待っているとのことでした。いくら婿取りの身でも、辰造についての話は亭主に聞かれたくないのでしょう」

「そうですね」

姫は再び相づちを打った。

水茶屋《みずぢゃや》若竹は男たちが列をなして順番待ちしていた。中へ入ると、薄化粧ながら、垢抜《あかぬ》けてすらりとした若い娘たちが、前垂れを揺らして、しずしずと茶を運んでいる。床几《しょうぎ》に腰掛けている男たちの鼻の下は、老いも若きも長かった。

——初めて見るものだわ。これがもしかして吉原というところでは？——

姫が目を瞠って、

「あの方たちはお女郎さんなのですか？」

思わず口走ってしまうと、聞こえたのだろう、

「まあまあ、秋月様、よくおいでになりました」

女主と思われる、目尻《めじり》の皺《しわ》こそ気になるものの、姿のいい大年増が挨拶に近づいてきた

が、ゆめ姫を見る目には険があった。

「お嬢様、茶屋娘はお女郎ではございません。茶で客をもてなすだけの仕事です」

「とはいえ女将《おかみ》、ここの茶一杯の値で、そこそこの岡場所で遊べるはずだ。菓子まで食わされたら、吉原へ繰り出せる。ずいぶん高い茶や菓子だな」

信二郎が皮肉ると、

「秋月様には敵《かな》わないわねえ」

女主は苦笑した。

「楚々《そそ》した風情の娘を餌《えさ》に、あまり、あこぎな商いをするでないぞ」

信二郎は苦言を呈すると、階段をちらりと見て、

「来ているか？」

「本日は上でお待ち合わせで？」

「そうだ」

「特別なお見廻《みまわ》りかと――」

「残念ながら、今日はそうではない」

「お連れ様は、とっくにおいでで、小半刻《こはんとき》（約三十分）お待ちになっておられます」

そう言った女主は不思議そうな顔で姫を見て、

「三人でよろしいのですか」

「かまわない。自分たちが、茶屋娘と客との逢い引きの仲立ちをして、二階を重宝に使っ

ているからと言って、誰でも同じだとは限らぬぞ」

「そんな――」

女主は図星を指されてうつむき、

「秋月様のお声は大きすぎますよ」

そっと小言を洩《も》らした。

もとより、お上の管轄である吉原以外の場所で春を売り買いするのは罪に値する。周囲に信二郎の身分が聞こえてわかれば、客たちは逃げ出しかねなかった。

「それでは」

信二郎は姫を促して階段を上った。

「どうか、ごゆっくり」

女主はやっとこれで、信二郎の顔を見ずに済むとばかりにほっと胸を撫で下ろした。

きりっとした美貌《びぼう》のおつねは、おえんとは正反対の性格の持ち主だった。

――誰かに似ているような気がする――

似ているのはあの塩梅屋のおき玖だとわかって、

――根はきっと、誰よりも優しい方なのだわ――

姫は確信した。

信二郎がおえんにしたのと同じ問い掛けをすると、

「町火消しの辰造が死んだのは耳にしました。瓦版は嫌いで読まないので、殺されたんだとは知りませんでした。今、旦那《だんな》から聞いて初めて知りましたが、あんな奴、ただ死ぬだけでは足りない、殺されて当然だと思います。ああ、気分がすっきりした」

「これで恨みが消えたというわけか」

「まあね」

おつねは大店《おおだな》の新造だというのに蓮《はす》っ葉《ぱ》な物言いをした。

「殺したのはおまえじゃないだろうな」

信二郎はじろりとおつねを見据えた。

「残念ながら違いますよ。殺してやりたいと思ったことは何度もありましたけどね」

「その理由《わけ》は？」

「あたしは跡取り娘で、蝶《ちょう》よ花よと育てられたんです。子どもの頃、思い通りに行かなかったことなんて、何一つなかったと思います。あたしが冬に胡瓜《きゅうり》が食べたいってごねると、奉公人の誰かが、どこからか目の玉が飛び出るほど高い胡瓜を探してきたり、千代田のお城の姫様の持っているような雛道具《ひなどうぐ》がほしいと一言洩らすと、すぐにおとっつぁんが京に人をやらせるというような按配《あんばい》で――。子どもの頃はそんなのが楽しくて満足な日々でした。ところが、去年の冬、寒い晩でした。半鐘で起こされ、風向きで大丈夫とわかったので、安心して、芝口《しばぐち》の火事を見てたんです。その時、火事場の屋根の上で、纏を立てた横に立っている辰造を、初めて見たんです。火が燃え盛っていて、夜だというのに姿がはっきり、くっきり見えました。ああ、この男は他人《ひと》のために命を投げ出しているのだなと思うと、悲しくも愛《いと》おしくてならない、たまらない気持ちになって、すぐに辰造に心を奪われてました。以来、あたしは燃える心と身体を持て余すようになったんです。あたし、小さい時から跡取り娘、婿貰いって言われてましたから。子どもの頃はうんうんって、にっこり笑って親たちを喜ばせていても、年頃になると、そんなのあんまりにもつまらなすぎる、身も心も焼き尽くすような恋がしたいと願うようになっていました。火事場の辰造を見た時、あたし、あの男を取り囲んでいる炎になりたいと思いました。そして、一緒に燃え尽きてしまいたいって——」

「辰造には自分から迫ったのか？」

信二郎はずばりと訊いた。

「ええ、そうです。町火消しの詰所に毎日押しかけて、必死に辰造の気を引こうとしました。身体に羽が生えたみたいに、毎日、飛び立つ思いで通っていたんです。別に恥ずかしいとは思いませんでした」

「想いは通じたのでしょうか？」

初めてゆめ姫は口を開いた。

「辰造はあたしみたいな、気の強い女は好みじゃなかったみたいでしたけど、あたしが元日の恵方参りに誘って、料理茶屋で互いにお酒を飲み過ごしたその日、とうとう想いは叶いました。枕を交わしあった後、これっきりだって辰造は言いました。あたしもそれでいいって思ったんですが、月のものが来なくなって——」

――おつねさんは辰造さんの子を身籠もったんだわ――

「身籠もった身体を親に隠し通すのはむずかしかろう」

「悪阻《つわり》が酷くて。でも、医者に診せるとわかってしまうので、往診を断り、一人で医者へ行くと言って偽って、辰造のところへ通い詰めました。どうしていいか、わからなかったんです。でも辰造ったら、〝抱いてくれと迫られたから、抱いてやったまでだ。腹の子の始末をする中条流《ちゆうじようりゆう》なら、知り合いがいる。これがせめてもの俺の情けだ。それに、数えきれないのは、嫁にしてくれと言った女だけじゃねえ、俺の子を孕《はら》んだ女だって、おまえが初めてじゃあねえんだ。その女にも同じ引導を渡したんだぜ〟と、笑いながら言ったんです。あの時、手代の兵吉《ひようきち》が居てくれなかったら、あたし、思い詰めて大川《おおかわ》に身を投げていたかもしれません」

「その兵吉さんが今のご主人ですね」

姫は念を押した。

頷いたおつねは、

「辰造にあしざまに言われたあたしは、心も身体もずたずたに傷ついていました。そんなあたしが、〝この子は流すしかないのかしら〟と呟くと、兵吉は〝子どもに罪はありませんよ。産んでください。わたしもお嬢様の血を引く子どもであれば、精一杯、可愛がらせていただきます。お嬢様が気持ちを示せば、きっと、旦那様、お内儀《かみ》さんもわかってくださいます〟と言ってくれたんです。こんないい男はいないとあたしは涙が出ました。それで、翌月、兵吉とひっそり祝言を挙げ、夫婦《めおと》になったんです」

「それでは、今は可愛い盛りのお子さんがおいでですね」

ゆめ姫は微笑みかけたが、うつむいたおつねは、

「子どもは死産でした」

撥《は》ねつけるように言った。

——知らぬこととはいえ、わらわとしたことが、心ないことを言ってしまった——

「おつね、おまえは幾つだ？」

信二郎の口調は優しかった。

「十九歳です」

「亭主の兵吉は？」

「二十五歳」

「ならば、これから子どもは幾らでも授かる。どうせなら、心優しい兵吉の血を引く子どもの方がよいではないか」

「皆、そう言って慰めてくれますが——」

おつねはうつむいたまま、肩を震わせた。

「子どもが死んで生まれてから、夜、床に入ると、炎の夢を見て、うなされるようになりました。炎が怖い、近づきたくない、これにだけは巻かれまいと思っているのに、気がつくと熱くて熱くてならず、自分が焼け死にかけているのがわかるんです。そして、目が覚

めると、あたしたち夫婦に子どもはもうこれっきり、授からないような気がしてならないのです。あたしが炎に恋焦がれたばかりに、今は祟《たた》られているんだと――」

五

「おまえの気持ちはわからぬでもないが、だからと言って、辰造を殺した下手人が野放しになっていていいということはない。さっき、辰造はおまえの前にも女子を身籠もらせていたと言ったな。その相手に心当たりはないか？」

「辰造とあたしは深い仲になるまで、江戸の名所と言われる場所を、連れ立って歩いたものでした。思えばあの時が一番幸せだったのかもしれません。隅田川の土手を通った時、あたしがお汁粉を食べたいとねだって、汁粉屋に入ったんです。〝美味《うま》いか〟と辰造が訊いて、〝美味しい〟と答えると、〝汁粉屋の娘はかなわない、普段無口でも、汁粉を食わせると不味《まず》い、うちのが一番だと言いやがる。ああいう女は子どもでもできると亭主を尻《しり》に敷くに決まってる、別れてよかった〟って。後で考えてみると、あたしの前にあの男の子を身籠もったっていうの、その女《ひと》のことだったんじゃないかと思います」

――平吉さんはお汁粉屋さんを営んでいた。すると、思い詰めた様子で辰造さんのところへ来ていたという、名がわからなかった娘さんとは、身籠もっていたおかよさんだったのかもしれない――

おつねを残して先に若竹を出た後、ゆめ姫はこの考えを信二郎に告げた。

三十間堀《さんじっけんぼり》に架かる三原橋《みはらばし》の辺りまで来た時、

「少し休んで行きましょう」

信二郎が言いだして、二人は縁台に赤い毛氈《もうせん》が敷かれている茶屋に入って、並んで座った。

「へえ、何にいたしましょう」

茶を運んできた腰の低い店主に、

「おとっつぁん、焼き団子をお勧めして。焼き上がったばかりで美味しいから」

愛想のいい娘が声をかけた。

「あいよ」

楽しそうに働いている父娘の様子に、

――平吉さんはおかよさんのことが応《こた》えて、店を閉めてしまったというけれど、おかよさんさえ生きていたら、今もこんな風に明るく商いを続けていられたのだわ――

姫は胸に迫るものを感じた。

焼き団子を食べ終えると、信二郎は懐から手控え帖を取り出して、さらさらと以下のように書いて見せてくれた。

おかよ――身籠もった挙げ句に死す

おえん――今、身籠もっている

おつね──死産、子なし

「三人が三人とも、子を宿しています」

「このうち、おつねさんは間違いないし、おかよさんの子どもの父親も、たぶん、辰造さんだわ」

「おすえの娘、おゆみも身籠もっていたのではないでしょうか」

「考えられますね」

「石段の下で死んでいたおかよは石段から身を投げたに違いありませんが、おゆみは松の木で首を縊《くく》っています」

「おゆみさんのこと、もう少し、くわしく知っている人はいないものでしょうか」

「おすえは芝七軒町の料理屋で働いていました。そこへ行けば、何かわかるかもしれません」

茶屋を出ると二人は芝七軒町の料理屋播磨屋へと足を進めた。

播磨屋ではちょうど昼が終わって、一休みした後の夕刻までは、板前たちは仕込みに精を出し、仲居たちは部屋の掃除に余念がなかった。

「秋月様、お久しぶりでございますね。こんなお時間では、料理を召し上がりにおいでになったのではありますまい」

でっぷりと太って色艶のいい初老の主は、目に警戒の色を滲《にじ》ませた。

「見目形のいい仲居と客の仲立ちを、咎めに来たのではない」

料理屋もまた、水茶屋同様、飲食を表向きにしていたが、客が気に入った仲居と、つかのまの逢瀬を楽しめる部屋が用意されている。

「これは参りました」

主は口では詫びたが頭は垂れなかった。そして、入口近くの小部屋に二人を案内した。

「まあ、お座りください」

主は大きく手を鳴らすと、垢抜けて姿のいい女が茶を運んできた。

「新しく入った仲居です。なかなか人気があって——いかがです、秋月様も一度、鍋《なべ》の世話などさせてみられては？」

主は信二郎にだけわかるよう、瞬時に片目をつぶって見せた。

「おまえのところのいい稼ぎ頭なのだろうが、それがしは鍋は一人で楽しむ」

信二郎は言い切り、主が顎《あご》をしゃくると、女は頷いて部屋を出て行った。

——この世の中、どんなところでも、女子は殿御に気に入られなければならないのね
——

姫は同じ女子として複雑な気持ちになった。

「ところで、ここで働いていたおすえという仲居について訊きたい」

「おすえ、はて？」

「もう、忘れてしまったのか。娘に死なれて病に取り憑かれ、ここを辞めていったおすえ

だ」

「ああ、思い出しました。かなりの年増ながら、お客に人気がありました。いえ、秋月様がご懸念になるような人気ではございません。潰《つぶ》れた生家が太物問屋だったというおすえは、育ちのせいか、料理の勧め方も上手で、素人臭い客あしらいにも嫌味がなく、色恋なしの指名客が多かったのです」

「娘のおゆみの話は聞いているだろう？」

「松の木で首を縊って死んだという以外のことは何も。おすえは口数の少ない方でしたから――」

「おすえと親しかった者は？」

「働きを認めて、仲居頭にしてやると言っても断るほどで、人の上に立ったり、あれこれとまじわるのはあまり好きではなかったようです」

「一人くらい――」

ゆめ姫が口を挟んで、

「どんな無口な方でも、ずっと同じところで働いていれば、一人くらい、親しい相手がいるものではないでしょうか」

「まあ、たしかに、そうかもしれない。一つ、仲居たちに訊いてみましょう」

仲居頭のおかつが呼ばれた。化粧が濃い丸顔の大年増だったが、立ち居振る舞いがきびきびしている上、主の前でも物怖《ものお》じしない、強い目をしていた。

「おすえさんが親しくしていたのは、あたしぐらいのもんでしょうよ。ここまでいい年なのは、あたしとおすえさんぐらいのもんですからね」

もうこの世にはいない、おすえの話とあって、やや野太いおかつの声さえ湿った。

「亡くなった時、かけつけたのか？」

信二郎は訊いた。

――そういえば、七七忌《しちしちき》の法要にもこの方、いらっしゃらなかったわ――

「聞いていれば、当然駆けつけましたよ。でも、おすえさん、ここを辞めてからは、ご無《ぶ》沙汰《さた》でね。だから、死んだと聞いたのは風の便りですよ。水くさいったらない。おゆみちゃんのことじゃ、さんざん慰めてあげたというのに――。でも、考えてみりゃあ、大事に育てた娘が自分で死んだんだもの、どんなに慰めても足りやしなかったと思いますけどね。なまじ、おすえさんや娘さんのこと、いろいろ知ってるあたしには、もう会いたくなかったのかもしれない」

「おゆみが死んだ理由を聞いていたのだな」

「ええ。月のものが遅れてるっておゆみちゃんに告げられた時、大喧嘩《おおげんか》をしたんだそうですよ。おすえさん、ちゃんとした店のお嬢さんだったのに苦労したのは、祭りの日に知り合った男と親の反対を押し切ってまでして、夫婦になったのが始まりだったんですよ。すぐおゆみちゃんが出来たのに、男に捨てられて、助けてもらおうにも、実家も火の車で――。それなんで、おすえさんは娘だけには、自分みたいな苦労をさせたくない、真面目《まじめ》な働き者と一緒にさせたいって。おゆみちゃんが小さい時から言ってました。だから、おゆみちゃんの身に起きたことを聞いて、頭に血が上ってしまったんだと思います。〝そんなふしだらをする娘はあたしの娘じゃない〟って、おすえさんが大声を張り上げると、〝わかったわ、おっかさん。あたし、もう、おっかさんの娘じゃないのね〟って、泣きながらおゆみちゃんが出て行って、あんなことになってしまったそうなんですよ」

──それで、おすえさんは、あんなに最後まで悔いていたのだわ。でも、そうだとしたら、なぜ、わらわの夢でその心残りを話さないのかしら？　そのまま成仏できたとはとても思えない──

「おゆみの相手のことは？」

信二郎は息を詰めた。

「おゆみちゃんが夏祭りでごろつきに絡まれた時、近くの屋根の上から飛び降りてきて、助けてくれたのが縁の始まりだって聞いてますけど」

「おゆみさんって、どんな娘さんでした？」

最後に姫は訊き、

「器量はそこそこだったけど、初々しくて、いつも恥ずかしそうにしている大人しい娘でしたよ」

「ご苦労だった、よく話してくれた」

帰路についた信二郎は、

「火消しは普段、鳶《とび》や土木の仕事をしている。おゆみの相手は辰造に間違いないな」

確信ありげに言い切った。

一方、姫は、

「おえんさん、おかよさん、おゆみさん、皆、大人しい娘さんたちなのですね」

首を傾げている。

「おつねだけが違う」

「そうですね」

「それに意味があるのですか？」

「まだ、わかりません」

六

この夜、ゆめ姫はこんな夢を見た。

月夜であった。朽ちた門が見える。見覚えがあった。夢の中にいるゆめ姫は操られるように歩いていく。

〝あら、ここ？――〟

入ると源蔵が下品なことを言い、藤尾が眉をひそめた太郎兵衛長屋の厠の前に来ていた。

身体がひとりでに動いて、厠の戸を開けて中へと入って行く。

見回すと壁の落書きが見えた。

そこには、川柳など、さまざまな落書きが書かれている。その中に、タツノオトシゴが、板の上に立っている絵があった。

〝これ、もしかして、辰《たつ》が立つ、立つ像、辰造？〟

判《はん》じ絵《え》の辰造は、幾つも同じものが描かれていて、下には異なる言葉が続いている。

皮切りは、

〝助けられたので、すっかり信じてしまった。こんな惨めなことになるなんて——ゆ〟とあった。

——おゆみさんが書いたのね——

次には、

〝あたしも助けられた。でも、酷い——か〟

——おかよさんも——

〝助けるのがあいつの手口だったのよ——え〟

——おえんさんは気がついたのね——

〝そうだとしたら、人でなしよ——つ〟

——おつねさんらしいわ——

そして、とうとう、

〝あたし、もう耐えられない。生きてられない——ゆ〟

とあって、

〝人でなし――ゆ〟

さらに続いていた。

――これを書いて、おゆみさんは亡くなったのだわ――

〝人でなし――か〟

――おかよさんもこれが最後に――

後は、

〝人でなし――え〟

〝人でなし――つ〟

おえんとおつねが続けていた。

――おゆみさん、おかよさん、おえんさん、おつねさんの四人は互いの身に起きた、酷い成り行きを知っていたのだわ――

目覚めた姫はすぐに、信二郎の役宅を訪れてこの旨を伝えた。

夕刻近く、夢治療処を訪れた信二郎は、懐から紙を出すと、太郎兵衛長屋の厠の壁から写してきた落書きと、姫が夢で見て書き留めたものとを畳の上に並べて置いた。

「お見事、あなたが夢で見た通りでした」

「四人の方々は見知った仲だったのですね」

「太郎兵衛長屋のおすえのところへ、裁縫の稽古《けいこ》へ通っていたそうです。おすえは娘時代、何とかという偉い裁縫の師匠に見込まれて、たいした腕だったとか――。その噂《うわさ》を聞きつけて、親たちが娘たちを通わせていたのでしょう」

「そして、四人ともが辰造さんに夢中になってしまったのですね」

「自分から近づいていったおつねはともかく、あとの三人は辰造の毒牙《どくが》にかかってしまったことがわかった――」

「どなたか、証となるお方でも？」

「辰造の住んでいた源助町と太郎兵衛長屋は近いです。辰造はおすえのところへ通う娘たちを見て、目星をつけていたに違いありません。頼まれて、娘たちを脅したと、この手のことばかりしでかしている、ごろつきの何人かが白状しました。ごろつきたちが脅し、自分が颯爽《さっそう》と助けて、相手に惚れさせる。おつねのことは、初めから、頼まなかったというから、辰造という男、こと女に関して、驚くほど勘が働く奴だったのでしょう」

　信二郎は目を怒りで燃やしつつ先を続けた。

「四人は四人とも、辰造が憎くてならなかっただろうが、このうち、二人はもう、この世に居ない。幽霊に人を殺せるはずはないから、怪しいのはおえんとおつねです。おえんもおつねも辰造が殺された日、早くに休んだと言い張っているが、起きていて、寝ているのを見た者まではいない。身重のおえんには気の毒だと思いましたが、番屋に呼んであります。話していただけないでしょうか？」

「わたくしに詮議《せんぎ》せよと？」

「二人を目の前にすれば、あなたのことだ、見えるものがあるかもしれない」

「わかりました」

この時、ゆめ姫は二人の潔白のために、真実が見えてほしいと思わずにはいられなかった。

――人を殺《あや》めた下手人とされれば、理由はさておき、死罪になる。そうしたら、おえんさんのお腹の子まで光を見ることなく、闇《やみ》の中に葬られてしまう――

姫は信二郎が用意した駕籠《かご》で番屋へと駆けつけた。

途中、駕籠の中で、

――どうか、この事件の真相を――

思い詰めて目を閉じると、あろうことか、次のような光景が広がって見えた。

場所はこんな暗いところもあったのかと思う路地裏であった。ただし救いは月夜で、肩幅ががっしりと広く、如何《いか》にも敏捷《びんしょう》そうな様子の若い男がふらりと立っているのが分かった。男と向かい合っているのはおえんとおつねであった。おつねは袂《たもと》を押さえている。

――何か危ないものを隠し持っているのだわ――

〝辰造さん、あたしたちを覚えている?〟

おつねは訊いた。

〝さてな〟

辰造は感情のない声で言った。

〝あたしはあんたの子を産んだ女よ、可哀想に子どもは死んで生まれたけど〟

〝ふーん、そうだったのかい〟

辰造は顔色一つ変えない。

〝このおえんさんは、あんたに遊ばれた上、あたしの身に起きたことを知ったせいで、自分の子も無事に産まれないいんじゃないかって、夜もろくろく眠れないでいるのよ〟

〝あの時のあなたの顔が浮かんできて、それから、子どもが死んで生まれる夢を見るんです〟

おえんは泣きながら言った。

〝ほう、それがどうしたい？〟

〝わかってるのよ、あんたのこと。自分から言い寄ったのはあたしだけで、おゆみちゃん、おかよちゃんは、みんなあんたが仕組んで、遊んで捨てて死なせたってこと――〟

おつねは辰造を睨《にら》んだ。

〝つまらねえ話だな、俺は忙しいんだよ、もう、いい加減にしてくれ〟

辰造は酷薄そうな顔をぷいと横に向けた。

〝いいわ。あんたがそのつもりだったら、あたしたちにも覚悟がある〟

おつねが袂の中へ利き手を差し入れたところで、姫は白昼夢から覚め、

――やはり、おえんさん、おつねさんは――

気持ちを翳《かげ》らせた。

番屋では、順番に詮議をする手はずになっていた。初めに向かい合ったのはおえんであ

る。

「辰造さんの長屋に行ったことなぞございません」

白をきったおえんだったが、ゆめ姫が、

「わたくし、実は先のことだけではなく、前にあった事実も夢で見る力があるのです。おえんさん、あなた、逢瀬の時の辰造さんの顔が見えて、お腹の子を死産する夢を見るのでしょう?」

念を押して、

「あなたはあの晩、おつねさんと一緒に辰造さんと会ったはずです」

言い切ると、おえんは、さっと顔を青ざめさせ、

「そちら様は何でも見通す力がおありなのですね。隠し立ては無駄なのですね」

ぽつりと呟いた。

「そうです」

「わかりました」

覚悟を決めた様子でおえんは話し始めた。

「わたしは弓町の実家《さと》から、おつねさんの諏訪屋のある山王町の向かい側にある南大坂《みなみおおさか》町《ちょう》に嫁ぎました。おつねさんとは、それまでも、太郎兵衛長屋のお師匠さん、おゆみさんのおっかさんのおすえさんのところへ通っていて、顔馴染《かおなじ》みでした。近くに住むようになって、わたしたちはいろいろ話すようになったのです」

「長屋の厠の壁にあった落書きにも気がついていましたね」

「はい。初めて落書きした時は、まさか、知り合いの自分たち四人が、辰造さんに関わって酷い目に遭っているとは、思ってもみなかったんです。〝ゆ〟、〝か〟で始まる名なんて、幾らでもあるから、偶然だと思っていました。通りかかった人が、辰造さんに酷い目に遭わされた腹いせに、わざと残していったんだろうって思ったんです。でも、おえんのあたしが書いた後、次が〝つ〟とあった時から、これは、もしかしてと思いました。おゆみ、おかよ、おえん、おつね、ぴったり合いましたから。で、とうとう、お師匠さんを助けて教えてくれていたおゆみさんが、あんなことになった時、おつねさんが、〝胸の苦しい想いを、落書きしているのはあたしたちよ。おゆみさんが死んだのは辰造のせいよ〟って言いだしたんです。その後、おかよさんまであんなことになって、わたしは身も心も傷ついてはいましたが嫁ぎ、身重だったおつねさんは手代の兵吉さんと一緒になったものの、子どもは死んで生まれて――。その頃からです、おつねさん、わたしたちは辰造が生きている限り、呪《のろ》われて幸せになれないって言いだしたの――」

「それで辰造さんを殺しに行ったのね」

「おつねさんは死んだ二人のためにも、生かしておけないって意気込んでいましたが、わたしは心から詫《わ》びてくれれば、それでいいって思っていたんです」

「辰造さんは詫びなかったでしょう」

「ええ」

「それで、おつねさんは危ないもので決着をつけようとした？」

「たしかにおつねさん、用意してきた包丁を出しました。わたしは〝止《や》めて〟って、大声で叫びました。〝わたしだって待ち望んで、やっと叶ったんだもの、おつねさんだって、これから必ず、優しいご亭主との間に子どもはできる。こんな男のために人殺しをしないで、大罪を犯さないで〟って。そして、わたし、おつねさんの手から包丁を取り上げると、その場に捨てて、二人で逃げました」

そこまで話すと、おえんは、

「嘘《うそ》偽りは申しておりません」

わっと泣き伏した。

待たせてあったおつねの時には、信二郎が詮議に加わった。

「おえんと別れた後、気が変わり、戻って辰造を刺したのではないか？」

するとおつねは、

「その通りです。あの辰造が生きている限り、絶対幸せになれない、そう、思い詰めていましたから。おえんさんたら、太郎兵衛長屋の厠の壁に〝人でなし〟と書いた時、〝力を合わせて、皆の仇《かたき》を取ろう〟と誓ったというのに、いざとなると──。とにかく、あたしは一人でもやり遂げようと思いました。ただし、あたしが戻ってみると、辰造は足から血を流して倒れて死んでいました。あたりを見回しましたが、誰もいませんでした。やってもいない人殺しでお縄になるのは嫌だったので、家へ走って帰りました。たとえ、信じていただけなくても、これが真実なのです」

歯を食いしばった。

「包丁を握っていたのは利き腕ですね」

ゆめ姫はおつねの右腕に触れた。

そして、目を瞬《しばた》かせると、路地裏で包丁を拾った男の子の姿が見えた。

〝よくもおかよ姉ちゃんを〟

――たしかおかよさんには弟がいて、姉を案じるあまり、辰造さんのところへも来ていたはず――

〝あんなに姉ちゃんのこと頼んだのに〟

〝いいか、坊主、俺は天下の纏持なんだぞ。孕み女のめんどうなんぞ、見ていられるもんか〟

〝殺してやる〟

男の子が包丁を構えた。

〝よしときな。いや、よさなくていいや。俺の嫌いなものはな、女の深情けとうるさいガキなんだ。いつまでも、つきまとわれちゃ、かなわねえ。かかってこい。すぐに息の根を止めてやる〟

辰造は男の子の前に立ちはだかると、

〝おうりゃ〟

手首を捻《ひね》って、こともなげに包丁を地面に叩《たた》き落とした。

〝さて、料理するか〟

辰造が男の子の首に両手をかけようとした時のことである。

落ちていた包丁が命を得たかのように、するりと素早く動いて、さっと辰造の足めがけて、一尺（約三十センチ）ほど飛んだ。

その刹那《せつな》、

〝うーむ〟

辰造が呻《うめ》き声《ごえ》をあげた。太腿《ふともも》の付け根から血しぶきが吹き上がっている。ほどなく、辰造はばったりと倒れて動かなくなった。

目を開けたゆめ姫は、信二郎にこの話をした。信二郎は、おえんとおつねをひとまず家に帰した後、おかよの弟で、天秤棒《てんびんぼう》を担いで浅蜊《あさり》売りをしている平吉の息子亀吉《かめきち》を呼んだ。

亀吉は辰造殺しを認めたが、顚末は姫が白昼夢で見た通りであった。亀吉は、辰造に包丁で向かって行ったものの、叩き落とされて、反対に襲いかかられ、再び包丁を手にして自分の身を守ったのだと釈明した。

十歳の小柄な少年の言葉には信憑性《しんぴょうせい》があって、信二郎はじめ、皆、役人たちはこれを信じ、亀吉は下手人としてお縄になるどころか、その武勇と勇気が讃《たた》えられた。瓦版屋もこぞって、亀吉について書き立てた。

事件は解決したが、奉行所からお褒めの言葉はなく、

「姫様が厠の壁の夢をご覧になったがゆえでございましたのに――」

藤尾はしきりに残念がった。

「それがしからの礼の気持ちを少しばかり」

信二郎は姫の好物の栗饅頭を携えて訪れた。

「一つ、不思議なのは、どうして、亀吉の使った包丁が見つからないのかということなのです。亀吉は辰造の足に刺さったままだというのですが――」

首をかしげた。

すでに姫は包丁の在処《ありか》を知っていた。

昨夜の夢に出てきたからである。

夢の中で姫は太郎兵衛長屋に誘《いざな》われていた。植えられている樒《しきみ》の前で立ち止まって、屈《かが》み込んで根元を両手で掻《か》き分ける。

土が軟らかいので掘り進むことができた。ほどなく、かちんと何かが掌に当たるのがわかった。さらに掘って、当たったものを取り出すと、手拭《てぬぐ》いにくるまれた包丁だった。よく見ると血の乾いた跡がある。

――亀吉ちゃんが殺されずにすんだのは、あなた方が、包丁を動かして守ったからですね――

そう話しかけると、若い娘が二人と年配の女が現れた。

〝おゆみです、隣に居るのはおっかさん〟

〝おかよです。弟を守るためにほんの少しの間だけ、戻ってきたのです――〟

三人はおだやかに微笑《ほほえ》んでいる。

――三人が今までわらわの夢に出てこなかったのは、亀吉ちゃんの命を救うと同時に、辰造さんを亡き者にしていたからだわ。復讐は終わっていたのね――

三人がすーっと光の中へ消えようとした時、

〝ま、待ってくれ〟

辰造の霊が三人に追いすがった。

しかし、その時にはすでに光はどこにも見当たらず、

〝俺はいったい、どうすればいいんだ〟

辰造は頭を抱えて地団駄を踏んだ。

〝俺の取り柄は火消しだというのに、こんな姿になってしまっては、纏持をすることもできない〟

〝自分のしてきたことをよく思い出してください。どれだけ、女の人たちを深く傷つけてきたか――。あの世は焔《ほのお》ばかりだというから、しっかり役目を果たして下積みの火消しを続け、自分の所業を心から悔いる日がくれば、あなたにも光が見えます〟

そう言って、姫は夢から覚めたのであった。

そして、今、

「包丁の件、あなたに見えませんか？」

信二郎に訊かれたが、

――あれはきっと皆様の復讐の証なのだから、あのままの方がいい。下手に掘り出すと、怨念《おんねん》が彷徨《さまよ》い出てきて、祟られるかも――

「いえ、何も」

姫は首を横に振って、

「本当に不思議な話ですね」

相づちを打ちながら、菓子盆の栗饅頭に手を伸ばした。

何日か過ぎて、塩梅屋へおき玖宛てに夢治療処のゆめからの文が届けられた。

治療をおえましたので、あなたの夢の中に、苦しむおかよさんが出てくることは、この先、もうないと思います。ご安心ください。

ゆめ
おき玖様
おき玖からの返書を信二郎が預かってきて手渡してくれた。

ありがとうございました。今後とも塩梅屋をご贔屓《ひいき》くださいますようお願いいたします。

き玖

ゆめ様

――夢に出てきた夢目安箱に入っていた紙から香ったのは熟柿の匂いだったのね――

一方、方忠からは以下のような喜びと安堵《あんど》を伝える文が届いた。

姫様の並々ならぬご尽力により、入手できた熟柿を、上様は殊の外、美味しく召し上がられ、極楽の味だとおっしゃって、お顔の色も格段によくなって、見違えるようです。何よりの贈り物でした。わたくしにまでお褒めの言葉を賜りました。ありがとうございました。

方忠

ゆめ姫様

姫から方忠からの文だけを見せられて、

「よかったですね、さすが熟柿です。何せ、よい色艶でしたものね、あの熟柿ときたら、ああっ、もうっ――、死ぬまでに一度でいいから、極楽だという味を口にしてみたい

――」

藤尾は深々とため息をついた。

第四話　ゆめ姫と信二郎

一

江戸の冬は木枯らしがちらつく小雪に変わって本格的に訪れる。

ゆめ姫の好物であり、身体《からだ》が温まって風邪《かぜ》予防にもなるからと、大奥の浦路が稲庭饂飩《いなにわうどん》を届けてくれた。

「これでしばらくは、冬の間、大奥の昼餉《ひるげ》の膳《ぜん》に上った、卵のふわふわ饂飩が楽しめますね」

藤尾は歓声を上げた。

「わたくしでも稲庭饂飩ぐらいは茹《ゆ》でられますので、姫様には卵のふわふわの方をお願いします」

卵のふわふわ饂飩は茹でた稲庭饂飩に、ふわふわの卵が浮いた出汁《だし》をかけて食べる。

――ああ、見ても食べてもふっくらと美味《おい》しい卵のふわふわ、これもつくり方を叔母上《おばうえ》様に教えていただいたのだったわ――

ゆめ姫は亀乃の卵のふわふわによく似た、ふくよかな身体つきと丸顔、ゆったりと上品な物腰をなつかしく思い出した。

「早速つくりましょう」

姫は藤尾が沸騰させた大鍋《おおなべ》に稲庭饂飩の束を投入した頃、見計らって卵のふわふわに取りかかった。

まずは、醤油《しょうゆ》、塩、酒を出汁に入れ、澄まし汁より少し醤油をきかせた汁《つゆ》にして、小さめの鍋に入れ火にかける。

鉢に卵を割り入れ、泡が沢山出るまで素早く菜箸《さいばし》でかき混ぜる。

卵が十分泡立ったところで、沸騰した鍋に端から一気に流し入れ、胡椒《こしょう》を振って、蓋《ふた》をし、九十から百二十数えて火から下ろす。

蓋をとれば、卵がふっくらふくらんでいるので、これを茹でたての稲庭饂飩に汁ごとかけると出来上がる。

「しっぽく（しっぽく）にあんぺい（あん平）、けいらん（鶏卵）、をだまき（小田巻）と饂飩の食べ方はいろいろあるけれど、わらわはこれが一番、簡単で美味しいと思うわ」

ゆめ姫が箸《はし》を取ると、

「わたくしも同感です」

藤尾は頷《うなず》いてそれに倣った。

ちなみにしっぽくは饂飩の上に玉子焼き、かまぼこ、甘辛薄味に煮たしいたけ、くわいの類《たぐい》をのせたもの、あんぺいは、このしっぽくに甘辛味の葛餡《くずあん》をかけたものである。どちらも豪華にさまざまな素材を味わうことはできるが、饂飩の印象は薄い。

饂飩の玉子とじであるけいらんは、卵のふわふわ饂飩に似てはいるが、茹で饂飩を鍋の出汁で煮て溶き卵を絡ませ、一つ鍋で仕上げをする。そのため、卵が饂飩に絡んでコクのある独特の味わいとなるが、卵のふわふわ感とは無縁である。

をだまきは、しっぽくと同じ種を器に入れ、溶き卵を入れて蒸した茶碗蒸《ちゃわんむ》しの類であった。これには時がかかるが、卵はするっと喉《のど》ごしのいい滑らかさとなる。

こうして、二人が日々、卵のふわふわ饂飩に満ち足りていると、南町奉行所同心山崎正重が夢治療処《ゆめちりようどころ》を訪れ、師走のふわふわ気分に終止符が打たれた。

ずんぐりした身体つきの山崎は、冬だというのに、四角くいかつい顔の額に汗を滲《にじ》ませている。これは姫への片想《かたおも》いゆえでもあったが、山崎の表情はやや険しくそれだけではなかった。

――お役目でおいでになるのは、いつもは信二郎様なのに――

密《ひそ》かに我が子の信二郎をゆめ姫に付き従わせるようにしたのは、ほかならない方忠であった。

「秋月様はよんどころない急ぎのお役目でご多忙なので、代わりにわたしが参りました」

「わかりました、どのようなご用向きなのか、お話しください」

姫は山崎に話を促した。

「三月ほど前、三年近く江戸市中の大店《おおだな》を震え上がらせていた盗賊とその頭《かしら》をお縄にしました。頭の名は音無霧右衛門《おとなしきりえもん》。その名の通り、霧右衛門も配下の者も皆、達者な忍びの術を心得ていて、押し入るのを見た者はおろか、命からがら生き残った者でも、声や足音を聞いてはいないというのです。あっという間に主《あるじ》夫婦をはじめとする店の者たちが骸《むくろ》になっていたと——。手強い上に、何十人もの者を女子どもにいたるまで惨殺した、血も涙もない酷い奴らです。われらは長い時をかけて、そやつらを追いかけ、やっとお縄にすることができました。お白州《しらす》で音無霧右衛門は極刑を申し渡されました。市中引き回しの上、磔《はりつけ》です。ところが市中引き回しを翌日に控えた夜、この霧右衛門が獄死したのです」

「病死ですか」

「当初は牢内でよくある、濡《ぬ》らした紙で顔を覆うなどの私刑を疑いましたが、よく調べてみると心の臓の発作でした。しかし、ことはこれで終わりませんでした」

「終わらないって、いったい——」

「死んだはずの霧右衛門が生き返ったのです」

「そんな——」

「本当です。生き返ったとしか思えない事件が起きました。神田須田町《かんだすだちょう》で三味線《しゃみせん》の女師匠梅若《うめわか》が、真っ昼間、押し入ってきた霧右衛門に刺し殺されたのです」

「梅若さんと霧右衛門の関《かか》わりは？」

「霧右衛門は質屋の隠居を装い、梅若のところへ三味線の稽古《けいこ》へ通ううちに理《わり》ない仲となったのです。梅若は霧右衛門の股《また》の奥の彫り物を見て、おかしいと気づき、奉行所へ報《しら》せてきたのですよ。霧右衛門の急所近くに彫られているという、昇り龍は有名ですから。女好きが禍《わざわい》して、霧右衛門は情を交わした女に裏切られたのです」

「さぞかし、お縄になった霧右衛門は梅若さんを恨んだことでしょうね」

「そう思います。ですから、死んでも死にきれず、幽霊になって梅若を刺しに行ったのだと、梅若の家の近所の連中は言っています」

「何人もの方が霧右衛門を見ているのですね」

「そうです。皆、匕首《あいくち》を持った男が中に入って行ったのを見ています」

「だとしたら幽霊の仕業ではないかもしれません。わたくしの知っている霊たちは、どこへでも自由に入っていくことができます。時には夢にまで――。けれども、そう何人もの人に見えるわけではないのです。つかぬことをお訊《き》きしますが、本当に霧右衛門は死んだのでしょうか」

「わたしもあなたと同じように不審を抱き、据物師《すえものし》のところのきも蔵へ骸を確かめに行きました」

据物師は罪人の首を刎《は》ねるだけではなく、胴体で依頼を受けた刀の様斬《ためしぎり》をしたり、胆《きも》を取りだして干し薬にするなどを、代々専業にしていた。病死した霧右衛門の骸も据物師のところへ運ばれて行ったのであった。

「間違いありません。急所の昇り龍を確かめました、確かに霧右衛門でした」

憤然と言い返した山崎は先を続けた。

「市中では極悪人の幽霊が人を殺したと、大変な騒ぎになっています。中には奉行所は何をしているのかという投げ文もありますが、相手が幽霊では捕まえようにも捕まえられません」

山崎は頭を抱えた。

「山崎様は霊の仕業だとお思いなのですか？　首は晒《さら》されなかったのでしょうか？」

「昨今は晒し首を盗む不埒《ふらち》な輩がおりまして、霧右衛門ほどの極悪人となると、盗まれた後、霧右衛門を讃《たた》える文が市中に撒《ま》き散らされかねません。それゆえ、晒し首にはせずに、き奴の首は打たれた後、棄《す》てられ、野良犬の餌食《えじき》になり果てたはずです」

「となると、梅若さんを殺したのが霧右衛門だという証《あかし》はどこに？」

「梅若の胸に刺さっていた匕首にも霧右衛門の名が刻まれていました。幽霊などとはとうてい信じたくはないが、信じるよりほかはありません」

――それだけ？――

姫は危うい証だと思った。

「霧右衛門は双子だったとか？」

「手下たちに罪一等を減じると言って、聞き出しましたが双子ではないそうです」

「霧右衛門が身につけていたもので、何か残っていませんか」

「あるのはこれぐらいです」

山崎は袖《そで》から細工物の龍の根付けを取りだして、ゆめ姫に渡した。

「以前にも人や事件と関わりのあるものに触れると、あなたは次々真相を言い当てたので、もしやと思い、持参してきました」

姫は象牙《ぞうげ》で出来た根付けを握って、静かに目を閉じた。

目を閉じると、暗がりが広がっている。

「いかがです」

「何も見えません」

「何一つですか」

「ええ。残念ながら、今日は力があまり強くないのかもしれません」

答えた姫は、

——やはり、霧右衛門は死んでいないかもしれない——

ふと思ったが、死んでもいないのに骸がある理由がわかりかねた。

「そうでしたか」

山崎は肩を落とした。

「わたくしの場合、死者の霊は夢に現れることが多いのです。その時はお知らせいたします」

二

がっくりと肩を落として山崎が帰ってしまうと、藤尾が盆に煎茶《せんちゃ》と芋羊羹《いもようかん》を添えて入ってきた。

「山崎様、疲れているご様子でした。それで茶菓は出さずにいましたので、山崎様には芋羊羹をお持ちいただきました。今回はよほどむずかしいお役目のようですね」

「どうやら、そのようです」

――少し落ち着いて、起きたことを整理して、考えをまとめたい――

まずは目の前の芋羊羹を食べて気合いを入れることだと思い、ゆめ姫は菓子楊枝《ようじ》を取り上げた。

この芋羊羹は皮をむいて一口大に切った唐芋を、竹串《たけぐし》がすっと通るまで蒸し、大鉢に入れて木べらで潰《つぶ》したところで、白砂糖適量と塩少々を加えて、滑らかになるまで煉《ね》る。これを水で濡らした羊羹型に押し込むように入れ、寒い場所に一刻《いっとき》（約二時間）ほど置いてから型から抜くと羊羹のように綺麗に切れる。

藤尾のつくるこの芋羊羹はあまりに呆気《あっけ》なく出来てしまうので、果たして料理といえる物かどうかは別にして、食べ過ぎると胃もたれがする羊羹と違って、沢山食べられて腹持ちするにもかかわらず、驚くほど軽く美味しい。

「商売物の店の羊羹は食べられなかったので、焼き芋に飽きた祖母が一工夫したものなのだそうです。唐芋は小豆なんかに比べるとずっと安いし、甘味があるので砂糖もそうは要らないですから――」

「羊羹屋さんの店の人らしい思いつきですね。この羊羹型ありきの芋羊羹——」

思わず姫は藤尾が自分の行李《こうり》から出してきて使った、木で出来た羊羹型をじっと見つめ、

「大奥へ上がる時に両親が餞《はなむけ》だと言って持たせてくれた時は、餞にしてはずいぶん粗末だなって呆《あき》れたものでした。あの時は、これが、役に立つなんてことがあるとは思ってもみませんでした」

藤尾はやや感傷的な物言いになった。

翌朝、明け方近くになって、やっとうとうとしはじめた姫は夢を見た。

垢《あか》じみた着物を着た中年者が、一膳飯屋《いちぜんめしや》で酒を飲んでいる。にやにやと満足げに笑い、〝おごりだ、おごりだ〟とはしゃいでいる。〝もう、こんなもんともおさらばよ〟の叫び声と共に、懐からごろんと焼き芋が二本、土間に落ちた。

——このところ、芋羊羹で見直している、唐芋が見せてくれている夢なのでしょうけれど——

すっかり酔いのまわった中年者は、連れの若い男たち二人に支えられ、店を出て歩き出した。

〝そっちじゃねえよ、あっちだよ〟

中年者は文句を言うが連れたちは取り合わない。

〝おまえの行く先はあっちでもこっちでもねえ、冥途《めいど》だよ〟

連れの一人がそう言って酷薄に笑うと、もう一人が、男の腹にどしんと当て身を食らわ

せた。

――わからない夢だわ――

夢の中で姫が首をかしげていると、次には、

〝よくできてるじゃねえか〟

さっきの当て身を食らわせた若い男が気を失っている中年者を見下ろしている。中年者は褌《ふんどし》一つに剝《む》かれていて、急所近くには鮮やかな昇り龍が躍っている。

〝いい出来だ〟

〝お頭のと瓜二《うりふた》つ、これじゃ、見分けがつかねえよ〟

〝もう、そろそろ、伝馬町《てんまちょう》で死に薬が効いてきてるはずだぜ〟

〝こっちもやろう〟

〝牢《ろう》で死ぬふりをするお頭のは、生き返る匙加減《さじかげん》だが、こいつにはたっぷり盛ってやれ。すぐに心の臓が止まってそれっきりだ。こいつは音無霧右衛門の身代わりであの世へ行く。全く便利なのはこの死に薬だぜ〟

もう一人が袖から薬の赤い包みを出して、にやりと笑い、ひらひらと振って見せた。

〝このところ、お頭そっくりの顔のこいつをずっと見張ってたが、こいつときたら、命つなぎに焼き芋屋の余りもんを貰《もら》うのはまだいいが、いつもすっからかんになるまで飲んで、最後は店の主に泣きついて酒をせびる、だらしねえ酔っぱらいだ。せめて、死に薬は酒に混ぜて飲ませてやれ〟

〝そうだな。そうすりゃ、往生できて、のちのち祟《たた》られることもねえだろう〟

——やはり、思った通り、霧右衛門は死んではいなかった。死に薬などというものがあったのだわ——

その次に見えてきたのは、座敷で三味線を弾いている梅若と、それを聴きながら、ゆっくりと盃《さかずき》を傾けている、さっきの中年者そっくりの男であった。男は贅沢《ぜいたく》な大島紬《おおしまつむぎ》の小袖《こそで》に羽織を着けていた。

——これが本物の霧右衛門なのだわ——

肴《さかな》は座敷の七輪にかけられた小鍋で作られた卵のふわふわである。

——こっちは卵のふわふわつながりね——

霧右衛門は大店《おおだな》の主然とした様子をしている。しかし、その目は一見柔和ではあったが奥底にきらりと光る鋭さを秘めている。

〝昨日、地主に掛け合って両隣の家を買ったよ〟

〝まあ、何のために?〟

梅若は驚いて三味線を弾く手を止めた。

〝前にも話したが、家付き娘の女房の悋気《りんき》が凄《すご》くてね、わしがほかに女を作らないかと、いつも目を光らせている。いつここへ怒鳴り込んでくるかしれたものではない。わきまえがまるでないんだ。婿養子の悲しさ、ここにいるところを見つかれば、もう、今のようにおまえと楽しい時を過ごせない。そんな時のために隣を押さえておいたんだよ。すべてはおまえのためだ。だから、いいね。今宵《こよい》こそわしのものになっておくれ〟

〝あたしのためにそこまで——〟

梅若は首をかしげかけて、あわてて、

〝うれしい〟

笑顔を作った。

この後、姫が見たのは、自分の家を出ると、青い顔で左右を見遣り、両隣の家を行ったり来たりする梅若の姿であった。これを見てくれとばかりに、振り返り、振り返り何度も行き来し続ける。

——梅若さんは、わらわに何か重大なことを伝えようとしているのだわ。でもわかってあげられない——

すると、右隣の家から霧右衛門がぬっと顔を出して、

〝梅若、わしはここだよ〟

と言い、左隣からも、

〝梅若、わしはこっちだ〟

また霧右衛門の顔が覗《のぞ》いた。

——わかったわ——

目が覚めたゆめ姫は、

「すぐに文を届けて」

藤尾に命じ、山崎に宛《あ》てて文を書いた。

霧右衛門が生き返って梅若さんを殺《あや》めた理由がわかりました。お話ししたいのでおいでください。

ゆめ

山崎様

しばらくして、山崎正重が役宅から走り通したのだろう、寒い時季だというのに汗みずくになって訪れた。

「真相がわかったと伺ってまいりました」

客間で向かい合った山崎は、ゆめ姫の顔にじっと目を据えた。

そこでゆめ姫は霧右衛門そっくりの男が出てきた夢の話をして、据物師の屋敷内のきも蔵にある骸は、市中で捕らわれ、身代わりに殺された男のものであると言い切った。

「なるほど」

山崎は一応、うなずいて見せたが、

「けれども、本物の霧右衛門をお縄にしないとその証は立ちません」

「霧右衛門は梅若さんの家の両隣、いずれかに隠れているはずです」

「梅若が一味は隣の家にいると、奉行所に申し出てきたので、隠れ家にしていた右隣の家に立ち入って奴らをお縄にしたのです」

「左隣は調べていないのですね」

姫は知らずと問い詰める口調になった。

「左隣は、ずっとひっそりと暮らしてきた老夫婦ですよ、まさか、盗賊の仲間だなんて──」

「仲間ではなくても、脅されて言うことをきいているのかもしれません」

「あなたの夢ではそうだったのですね」

「梅若さんは夢で、そのことを伝えたいようでした」

「わかりました。すぐに調べ直します」

こうして、生きていた霧右衛門は、酒好きの男を殺して身代わりにして、逃げ延びていた配下の者たちとともに捕らえられた。

「霧右衛門が何もかも白状しましたよ。死に薬で一時、息を止めた霧右衛門を大八車で据物師のところへ運んだのは、人足に化けていた配下の二人でした。途中、息を吹き返して、身代わりの骸と入れ替わった霧右衛門は、恨みのある梅若を殺した後、配下の者ともども、老夫婦を脅して居座り続けていたそうです」

三

「終わりましたね」

「いや、そうでもないのです」

山崎の顔は晴れていない。

「誰が霧右衛門に死に薬を渡したのか、まだわかっていません」

「前から持っていたのでは？」

「霧右衛門ともなれば、牢に入る前に、持ち物を厳重に調べています」

「配下の者たちでは？」

「それはあり得ません。お尋ね者の人相書があるのですよ。市中では覚《さと》られずとも、伝馬町の牢に現れればわかります。それに霧右衛門への差し入れは、今まで一度もなかったと聞いています」

「となると、気になるのは、霧右衛門と話ができた人たちですね」

「牢番《ろうばん》などが関わっていなければよいのですが。霧右衛門と通じる者が取り締まるわれらの方にいたとなると、この上ない恥ですからね」

山崎は重いため息をついた。

この夜、姫はまた、夢を見た。

八丁堀の役宅で信二郎が臥《ふ》せっていて、姫は介抱をしている。

すると突然、目を閉じていた信二郎の顔が、見知らぬ若い男に変わった。庭の様子もがらりと変わって、菊人形が三体並んでいた。頼朝《よりとも》、政子《まさこ》、静《しずか》と書かれた木札が付いている。

——義経《よしつね》の詮索《せんさく》を愛妾《あいしょう》の静御前が受けて、〝しずやしず、しずのおだまきくりかえし

――〟と哀しい舞を披露する場面が菊人形で表されている。ここはきっと話に聞く、菊人形で有名な染井《そめい》なのだわ、そして、臥しているのはこの菊人形を創《つく》った植木職の方――植木職の男は赤い額に絞った手拭《てぬぐ》いを載せ、ふうふうと苦しそうに息を続けている。

〝よくなりますよ〟

傍らにいるのは、十徳《じっとく》を着ているので医者にちがいない。十徳は黒の羽二重の立派なものである。こざっぱりしてはいるが、継ぎの当たっている夜着や狭い棟割りの長屋にはふさわしくない。童顔の医者が薬籠《やくろう》から薬の赤い包みを取りだした。

〝これはわが辻堂《つじどう》家秘伝の風邪薬です。これを飲むと、どんな流行《はやり》風邪にもたちどころに効いて、熱が下がり、楽になります。ただし、心の臓に少し負担がかかるので、一時、気が遠くなって、傍目《はため》には息をしていないように見えることもありますが、大丈夫です、必ず目が覚めます〟

そこで目を覚ました姫は、またすぐに山崎を呼んで頼んだ。

「死に薬には辻堂というお医者様が関わっています。至急調べてください。それから、染井で源《みなもとの》頼朝や北条《ほうじょう》政子、静御前の菊人形を創《つく》っていた植木職の方の名と、どのように亡くなったかを調べてください」

奉行所の詮議に観念した法眼《ほうげん》、辻堂真斎《しんさい》は一部始終を白状した。

古来、辻堂家に伝わる万能薬は、たちどころにどんな熱も下げるが、匙加減は難しく、少なすぎると少しも効かず、適量を服用すれば、一時、仮死状態に陥らせて治癒させるが、多すぎると死に到《いた》る代物であった。

この匙加減が難しい秘伝の薬の処方を、是非自分の後を継ぐ息子に学ばせたいと思っていたところ、今年の春、質《たち》の悪い風邪が染井一帯に大流行した。

これ幸いと、息子を植木職の病人たちの元へ出向かせ、金を取らずに薬を処方した。薬で救われた者もいたが、多くの者たちが命を落とした。義経に関わりのある菊人形を創り続けてきて、薬に命を奪われ、夢でゆめ姫に無念を告げたのは、伊作《いさく》という名の植木職だった。

これに気づいたのが、八丁堀の同心の一人、里中新蔵《さとなかしんぞう》であったという。当初、里中は辻堂真斎を強請《ゆす》るだけであったが、そのうちに、この薬を寄越《よこ》せと言いだし、言うことをきかなければ、倅《せがれ》もろともお縄にして、辻堂家を取《と》り潰《つぶ》してやると、さらなる脅しをかけてきていた。

山崎の詮議に、里中は霧右衛門に頼まれて仕組んだことも含めて、すべてを認めた後、自刃した。

辻堂真斎は誉れある、名医の証である法眼の名を返上させられ、息子ともども処刑された。

姫が縁先の日溜《ひだ》まりの中にいると、吹いていないはずの風が、すうっと頬《ほお》を撫《な》でて行って、伊作の姿がちらりと見えた。笠を被《かぶ》った旅に出るいでたちで、姫に向かって一礼した。

――よかった。これでやっと思い残すことなく、旅立つことができるのですね――

光の中に伊作を見送った後、

――殺されて身代わりにされた人は無念ではなかったのかしら――

なぜか、酒好きの中年者のことが気になった。

すると、あたりに白い靄《もや》がかかって、盃と大きな徳利《とっくり》を手にした、霧右衛門そっくりの男の顔が見えた。男は徳利から盃に酒を注《つ》ぐと、ごくりと飲み干し、軽く頭《こうべ》を垂れ、にっこり笑ってそのまま消えた。

その様子は殺されたのは無念だが、せめても、好きな酒に混ぜられた薬で、苦しまずに逝けたのは、幸いだったと言っているようだった。

どこかから、ちん、とん、しゃんという三味線の音が聞こえ、しばらく、綺麗《きれい》な音色が続いて、次第に遠のいて行った。

――梅若さんも――よかったわ――

事件はこれで落着したかのように見えた。だが、これはまだ、ぞっとするほど恐ろしい先行きへの前触れでしかなかったのである。

暮れも押し迫ったある日のこと、ゆめ姫は今年、関わった霊たちのことを思い出していた。

――雪之助の文を取り返すためにこの世に留《とど》まっていたお志まさん、スズメバチから痛みの特効薬を見つけ出した大村様、皆さん、あの世で安らかにしておいでかしら?

なぜか、光に導かれて行った者たちのことが気にかかった。

——光は御仏の有り難いお導きで、光の中を進めば、もう思い悩むことなく、心静かな日々が送れるはずだと、わらわは思っているのだけれど——

光の向こうであるあの世へ足を踏み入れたことのないゆめ姫には、本当のところはわかっていない。

霊たちのことを思いながら眠りについた明け方、目を覚ましたゆめ姫は、ふと思いついて、簞笥《たんす》の中から信玄袋を取りだすと何とはなしに眺めていた。

〝何をぶつぶつ言ってるの?〟

からたちの生け垣の前に、牡丹色《ぼたんいろ》の振《ふ》り袖《そで》姿のお志まが立っていた。

〝もう、わかったでしょ〟

〝あなたはわたくしが信玄袋に触れると、こうして、この世に戻れるのですね〟

〝あと、あたしの振り袖を着ていたりとか、あたしの持ち物を身につけてさえいれば、いつでも出てきて、いろいろ教えてあげられるのよね〟

〝何と頼もしいこと、礼を言います〟

〝こうなったら、何でも訊いてちょうだい〟

お志まはぽんと大きく自分の胸を叩《たた》いた。

〝わたくしが関わらせていただいた霊の方々は、あの世でどうされているのか、案じられ

〝皆、それなりよ。そういえば、大村崎右衛門さんから、あんたに言伝《ことづて》があったのよ。魔物がそちらの世界に放たれたから、気をつけるようにって〟

〝魔物？〟

〝悪霊のことよ。悪霊っていうのは、心が氷のように冷え切ってしまってるから、どんな言葉も通じないんだって聞いてるから。近づいただけで酷い目に遭《あ》うんだそうよ。この世の人なら、殺されて、魂を悪霊にされ、あの世に持ち帰られてしまう。あ、それから、悪霊がそっちへ行けるようになったきっかけは、辻堂真斎っていうこの世の偉いお医者が、極悪人の霧右衛門と一緒に悪事を働いたからだって。あれ、お役人の里中新蔵まで嚙《か》んでたでしょ、ようは本来は良い人でなければならないお医者やお役人が、欲得で悪に走るようになると、悪霊は力を発揮できるのよ、だから気をつけて――〟

そう洩《も》らすと、お志まは姿を消した。

〝悪霊――〟

たちまち姫の心に暗雲がたちこめた。

この日、ゆめ姫は朝、昼と箸が進まなかった。大好きな卵のふわふわ饂飩も食べ残したので、

「どうされたのでございます？」

藤尾は案じたが、

「急に暖かな日があったので、身体がついていけないだけです」

姫は夢の話を告げる気にならなかった。

――まだ、放たれた魔物が、どこで何を企《たくら》んでいるのかわからないのだから、藤尾にいらぬ不安を抱かせてはならない――

昼八ツ（午後二時頃）を過ぎて、医者の中本尚庵《なかもとしょうあん》が訪れた。

中本尚庵は以前、姫が起居していた側用人《そばようにん》池本家の主治医である。父康庵《こうあん》の死後、患家を引き継いでいる。若いが長崎で学んだこともあって、医術の知識が広く深く、繊細な顔立ちにして心優しい人柄が多くの患者たちに慕われていた。

突然、訪れた尚庵は、

「池本様の奥方様にこちらだと伺ってまいりました。どうしても、あなたのお力をお借りしたいのです。三日三晩、気にかかり、ろくに眠れず、いよいよ日々の診療も手につかなくなりました」

げっそりと窶《やつ》れた顔をゆめ姫に向けた。

四

「実は我が師、栗川玄伯《くりかわげんぱく》の刑死について、どうしても納得できず、あなたにご相談にまいったのです」

「先生が我が師とおっしゃるからには、その御方もお医者様であられたのですね。刑死というからには罪を犯してしまわれた――」

「栗川先生は無実です。南町奉行所の与力である秋月修太郎様も、そのように信じてくださいました。秋月様は子どもの頃に罹った疱瘡《ほうそう》があばた一つ残らずに軽く済んだのも、栗川先生の適切な治療のおかげだと感謝していたので、必死になって先生の無実の証を立てようとしてくださいました」

尚庵の言葉は、どうしてこのところ信二郎が姫の許《もと》を訪れないのかという疑問に応《こた》えていた。

――そちらのお役目に奔走なさっていたのだわ――

「栗川先生に限ってあり得ないことです」

さらに尚庵は言い切った。

「どんな罪で裁かれたのですか？」

訊くのが怖かった。

「患者を殺《あや》めた咎《とが》です」

「まあ――」

姫は絶句した。

「殺めたとされる相手は、先生が往診なさっていた太物問屋の一人娘お華《はな》です。お華は生まれつき身体が弱く、漢方が効かない質《たち》なので、蘭方医の栗川先生が治療なさっていたのです」

「お華さんが殺された時のことを話してください」

「その日は血を抜いて身体を清める施術の日でした。いつものように往診に訪れた先生が、いつまでたっても、離れのお華の部屋から出てこないので、案じた店の者たちが、障子を開けてみると、お華は切り裂かれて血まみれになり、すでに息絶えていたとのことです。栗川先生は施術用の小刀を手にしたまま、お華を見下ろしていたと――、血も凍りつくような光景だったと聞きました」

「その時の栗川先生のご様子は？」

「虚《うつ》ろな目をして、何をどう訊いても、何もおっしゃらなかったそうです。店は大騒ぎになり、奉行所の役人が駆けつけて、二十日も経《た》たずに先生は打ち首になりました。獄門を免れたのは、先生が、〝自分がやった、悪かった〟と潔く認めたからです。役人の詮議の際も、先生はその言葉を繰り返すばかりだったとか――」

「なぜ、お華さんに手をかけたか、その理由《わけ》はおっしゃらなかったのですね」

「病弱ながらお華は美しいと評判の娘でした。奥様に先立たれて独り身の先生が、堪《こら》えきれずにお華に襲いかかって拒まれ、父親に言い付けるなどと言われて、かっとなった弾みに殺してしまったのだと、役人たちは言っています。瓦版にも同様のことが書かれていました」

「中本先生はそうだとはお思いにならないのですね」

「栗川先生は多少、無骨なところはありましたが、高潔なお人柄です。患者に心を奪われ、男の性《さが》、そのままに振る舞うとはとうてい思えません。先生が小伝馬町《こてんまちょう》の牢におられる時、何度も、もっと調べてほしいと役人に訴えたのですが、聞いてはもらえませんでした。動いてくださったのは秋月様だけで――。そして、とうとう先生は――」

「それで、たまらずにわたくしのところへおいでになったのですね」

「以前から何となく、あなたには特別な力があるのではないかと思っていましたが、夢治療処を開かれたと聞き、確信しました。このままでは、先生が成仏できるとは思えないのです。よろしくお願いします」

「わたくしにできることは知れておりますが、栗川先生にお会いしてみましょう」

「これを――。役人に無理を言って、貰《もら》い受けてきたものです――」

尚庵は柄《つか》の部分が赤黒く、血を吸い尽くしたかのように見える、小刀を差し出した。

「わかりました」

小刀を受け取ったゆめ姫はその夜、無残極まる悪夢を見た。

棚にはさまざまな薬の瓶が並んでいて、玄伯と思われる総髪《そうはつ》の医師が、書物に目を向けている。そのうちに玄伯の目が虚ろになって、声が聞こえてきた。

〝殺せ、殺せ〟

〝殺さなければ世に禍《わざわい》が降る〟

〝あの娘お華を殺すのだ〟

〝今を逃してはならぬぞ〟

玄伯は耳を押さえた。

だが、声はまだ聞こえている。

〝何を迷っているのだ〟

〝おまえは正しいことをするのだぞ〟

〝お華を殺せば、見返りはある。おまえをあの世の法印《ほういん》にしてやる。殺せ、殺せ、そして、おまえはあの世の法印になるのだ〟

玄伯はふらりと立ち上がった。もう、耳は押さえていなかった。

薬棚の下にあった砥石《といし》を取り出すと、施術用の道具箱から小刀を一本抜き、一心不乱に研ぎ始めた玄伯の目は血走り、口からは、

〝殺せ、殺せ、お華を殺せ、わしはあの世の法印――殺せ、殺せ――〟

呪《のろ》われた言葉が続いた。

そして、次には、まだ僅《わず》かに息のあるお華に小刀を振り上げ、

〝殺した、殺した、これでわしはあの世の大法印〟

ぶつぶつと呟《つぶや》いている玄伯の姿が目に入った。あたりはいちめん血の海である。

そこでゆめ姫は目を覚ました。

そばには、藤尾が控えている。

「食が進まず、朝からお加減が優れないご様子なので、もしやと気にかかりました。念のためと、お部屋を覗《のぞ》いてみましたら、とてもうなされておいででした。そこで、しばらく

ご様子を拝見していたのです」

　案じる藤尾に、

「おかしな恐ろしい夢ばかり見るのです」

　姫は中本尚庵から預かった小刀を見せ、夢の内容と、ことの経緯《いきさつ》を話した。

「すると姫様は栗川玄伯は、あの世の魔物に操られて患者を殺し、刑死させられたというのですね」

　藤尾の全身が緊張と恐れで固まった。

「間違いありません」

「姫様がおっしゃるからには真実なのでしょうが、何と恐ろしいことでしょう」

　ぞっと背筋を震わせた。

「もっと恐ろしいのは、誰もがこの顛末《てんまつ》を女色に狂った医者がしでかした罪だと見なしていることです」

「瓦版には、このところ医者の悪事が立て続いていると書いてありました。それで、皆、悪い医者には気をつけようと心がけるようになっていますが、どこからか聞こえてくる声が危ないとは思ってもいないでしょう。中には有り難い神様の声だと、思い違いする者だっていないとは限りません」

「魔物に取《と》り憑《つ》かれた挙げ句、人殺しが起きるなんて、信じられることではありませんからね。誰も知らない、気がつかないうちに、魔物はまた、次にねらいをつけているかも

「魔物はどんな者なのです？」

「わかりません。夢ではまだ、声しか聞いていないので――。いずれ、直《じか》に話をして、これ以上の無体を止めなければなりません」

「気をつけてください。魔物はどんな力を持っているかわからないのですから。姫様が取り憑かれるのではないかと、わたくしは案じられて――」

藤尾は気が気でない様子だった。

「覚悟はしています、これがわらわのお役目ですから」

ゆめ姫は言い切った。

藤尾が部屋からさがると、

〝実はそういうことだったのよね〟

お志まがひょいと現れた。信玄袋はまだ文机《ふづくえ》の上にあった。

〝あんまり、酷いことだったから、口に出せなかったの。あたし、何が苦手かって、ああいうの、たまらないのよ。お華って娘だって、成仏してないだろうし――。あのままだとあの娘――〟

〝お華さんがどうなるか、ご存じなのですか？〟

〝あたしはあんたが助けてくれたから救われたけど、この世に想《おも》いや恨みが残ってて、成仏できないでいる霊は誰も手をさしのべてくれないと、光の中を進めない。その代わりに暗い闇《やみ》の穴に入ることになるのよ〟

〝暗い闇の穴なんて、誰も入りたがらないのではないかしら？〟

〝もちろん。けど、途中は暗い闇だけれど、抜ければすぐに明るくなる、この世とあの世を自由に行き来できて、極楽以上の極楽が待っているって言われれば、それもいいなって思うのが人情でしょ〟

〝あなたの時もそうだったのですか？〟

〝うん。闇の暗さを一時、我慢すれば、この世とあの世を行き来して、この先、いつも好きな時に、雪之助に会えるだけじゃない、雪之助の心がほかの娘に移った時、懲らしめてやることもできる、闇に引きずり込めば、ずっと一緒にいられるって〟

〝そうしたくなかった？〟

〝正直言うとね。でも、それ、あたしだけの勝手すぎる想いでしょ。雪之助には、あたしのところへ来るまで生きて、もっともっと自分の芸を磨いてほしいんだもの、闇になぞ引きずりこんだら可哀想《かわいそう》。だから、あの文をあんたが見つけてくれてよかった。あの文を読んで、あたし、迷いがなくなった。光の中を進んで、この世のあの人とはけじめをつけようって、はっきり、決められたもの。でも、魔物は手強いよ、くれぐれも気をつけて〟

そこでお志まは姿を消した。

五

この日の夜、ゆめ姫は再び魔物の声が聞こえる夢を見た。

大きな桶《おけ》が見える。水の中に蠢《うごめ》いているのは鰻《うなぎ》であった。

鰻屋の主と思われる、猪首《いくび》で赤ら顔の中年者が、俎板《まないた》の上で鰻を捌《さば》こうとしている。鰻を俎板の上に置くと頭の急所を錐《きり》で刺して、俎板に固定すると、やや小ぶりの包丁が握られた。その包丁がきらっきらっと光って、

〝殺せ、殺せ〟

声が唆し始めた。

〝あの娘はおまえの子じゃない。一つも似ていない。おまえの血を分けた娘にしては綺麗すぎる。おまえの女房がおまえの目を盗んで、孕《はら》んだ子どもだぞ、わかっているだろう〟

〝止めてくれ〟

主は大声で叫ぶと、包丁を放《ほう》りだして、両手を両耳に当てたまま、屈《かが》みこんで震え出した。

するとそこへ、

〝おとっつぁん、何かあったの？〟
十四、五歳の若い娘が、鰻八《うなはち》と書かれた暖簾《のれん》の向こうから顔を覗かせた。愛くるしい顔立ちをしている。
〝殺せ、殺せ、おまえの娘じゃない〟

声の止む気配はなかった。主は耳を塞《ふさ》ぎ続けている。

そこでゆめ姫は目を覚ました。

――まだ、これは恐ろしいことには到《いた》っていない。何とかしなければ――

姫は文を書いて、藤尾を呼ぶと、使いの者を信二郎の許へと走らせた。

　栗川先生が刑死しなければならなかったのと似た惨事がまた、神田鍋町《なべちょう》の鰻八で起きようとしています。どこかから聞こえてくる、〝殺せ、殺せ〟の声が人を追い詰めて、下手人にさせるのです。あなたならこれを止められます。

ゆめ

信二郎様

半刻《はんとき》(約一時間)もしないうちに信二郎が駆けつけてきた。尚庵と同様に表情は憔悴《しょうすい》しきっていて険しい。

「今更、あなたが鰻八の主八五郎《はちごろう》が娘を手にかけて殺す夢を見たとしても、いささか手遅れなのです」

「そうでしたか――」

崩れ落ちるかのように座敷に座った。

姫は肩を落としてうなだれた。

――とうとう、起きてしまったのだわ。止められなかった――

姫の目からぽろぽろと涙がこぼれ落ちた。

信二郎は口惜《くや》しそうに唇を嚙《か》みしめながら語り始めた。

「それがしが店の者から報せを受けて、鍋町の鰻八へ出向いたのは、昨日の四ツ半（午前十一時頃）を少し過ぎた頃でした。店の者の話では、主の八五郎が包丁を手にしたまま、突然、二階の娘の部屋へ駆け上がって、琴の稽古《けいこ》をしていた娘おくにを、滅多刺しにして殺したのだというのです。気がついて止めようとした女房や小僧も巻き添えを食って、八五郎に刺され、腕や肩口に傷を負っていました」

「八五郎さんは今、どうしていますか？」

「すぐに捕らえました。今日中には大番屋送りになるでしょう。憑《つ》きものが落ちたかのようで、なぜこんなことをしてしまったのかと自分を責めていますが、身内でこのような惨事が起きた時は、たいていどんな罪人も同じような言葉を吐くものです。そして、人を殺めれば死罪と決まっていますから、悔い続けながら喜んで打ち首になるのです」

信二郎はむっとした口調で、ややぞんざいな物言いをした。

「殺すよう唆す声が、どこからか聞こえてきたとはおっしゃっていませんでしたか？」

「ここに書いてある、〝殺せ、殺せ――〟のことですね」

信二郎の目は再び姫の文に注がれた。

「そうです」

――何とか、聞こえる声の恐ろしさに気がついて欲しい――

姫は信二郎を見据えた。

「それがしは、もちろんあなたの言うことを信じます。けれども、他の者は同じとは言えません。声が聞こえたので相手を殺したと言い張り、仏罰を免れ、心の平安を得ようとする者は少なくないと知っているからです」

「この八五郎さんもそうだというのですね」

「自分の意志で可愛《かわい》い娘を手にかけたと認めるのは辛《つら》いことで、魔物のせいにして自責から逃れる、とかく人はそういう弱いものだと言われてしまいます」

「では、何日か前、刑死した栗川玄伯先生は弱くはなかったのでしょうか？」

――栗川先生も聞こえる声に負けて、お華さんを手にかけてしまったはず――

「あの先生に限っては、声が聞こえたなどという、見え透いた泣き言は一言たりとも口にしませんでした。立派な最期でした」

信二郎は顔を伏せた。

袴《はかま》の上にぽとぽとと無念の涙が落ちている。

「わたくしは、栗川先生を師と仰ぐ中本先生に、なにゆえに先生が患者を殺めたのか知りたいと頼まれ、凶器の小刀を渡されて、先生が患者を殺すまでの様子を夢に見たのです」

姫はその夢の詳細を話して聞かせた。

「まるで、居合わせていたような生々しさですね」

信二郎は固めた拳《こぶし》で涙を払って顔を上げた。

「わたくしは、栗川先生と八五郎さんは、何者かに取り憑かれて、普通なら、なさるはずのない恐ろしいことをなさってしまったのだと思います」

「すると、あなたは真の下手人は魔物だというのですね」

ゆめ姫は黙って頷いた。

戯言《ざれごと》だと叱られて、笑い飛ばされるかと思いきや、

「たしかに栗川玄伯は評判のいい名医でした。また、八五郎は気の荒そうなのは見かけだけで、余った鰻の肝をどこの鰻屋よりも美味《うま》く焼いて、残り物目当てに集まってくる物乞《ものご》いに施していたということです。実を言うと、それがしもこの二人が正気で、こんなことをしでかしたとは、とても思えないのです。ただし、魔物が相手ではその証を立てることはできません」

信二郎の拳は固められたままであった。

この夜、ゆめ姫は玄伯と八五郎の夢を見た。

本を読んでいる玄伯は声に脅かされ、手で耳を塞ぐのだが、それでも尚《なお》、聞こえてきて、ついには声に負け、砥石を探し出して、小刀を研ぎ始めた。

――同じ夢？

いや違った。玄伯の読んでいた本の表紙が見えたのである。

それには、〝那須《なす》原隆仙伝《はらりゅうせんでん》〟とあった。

その後からの夢は全く同じで、繰り返しお華を刺し続ける玄伯の姿に、吐き気を催して、

――もう、沢山――

夢の中で大声で叫ぶと姫は目を覚ましていたはずだったが、次には、やはり、一度見た八五郎の夢が続いた。

――嫌だ、まだ夢から覚めない――

八五郎の懐にも、〝那須原隆仙伝〟がしまわれていて、玄伯同様、包丁をかざしておくにに襲いかかり滅多刺しにしている――

途中で目覚めたいと願っても、目覚めることのできない、呪縛のような悪夢が終わって、姫が目を覚ましたのは、四ツ（午前十時頃）近かった。

姫がこのことを信二郎に報せると、夕刻近くに信二郎がやってきた。

「報せを受け、奉行所で資料を読《よ》み漁《あさ》っておりました。どうしても、那須原隆仙なる者のことを知りたかったのです」

「どのような人物でしたか？」

「元は下野国《しもつけのくに》の草深い、那須野《なすの》の山奥で施療していた呪術師の末裔《まつえい》で、遠い先祖はあの悪僧にして自称名医の弓削道鏡《ゆげのどうきょう》、玉藻前《たまものまえ》の心の中に入り込み、一緒に毒石の殺生石《せっしょうせき》と化していたのだという、いわくつきの家系の一人です」

千年以上前に生きていた道鏡は、病を患った孝謙《こうけん》上皇（後の称徳《しょうとく》天皇）を看病、治癒させて以来、その寵《ちょう》を受けることとなり、法王となり、皇位さえ狙《ねら》っていたとされてきた。

また、玉藻前は子に恵まれない夫婦の手で大切に育てられ、美しく成長した妖怪狐《ぎつね》で、その美貌《びぼう》と博識から次第に鳥羽《とば》上皇に寵愛《ちょうあい》されるようになったが、取り憑いて上皇を病臥《びょうが》させ、那須野までは逃《に》げ果《おお》せるものの、ついには討伐軍に討たれて果てたと信じられている、伝説の悪女、毒女であった。

六

「とはいえ、那須野にいた頃はただの田舎《いなか》医者だったようです。那須原家の何代目かに当たる隆仙が江戸の方角に光を見て、閃《ひらめ》くように自分の使命を感じ取り、江戸へ来て、常憲院《じょうけんいん》（五代将軍綱吉《つなよし》）様が罹って、瀕死《ひんし》に陥った流行風邪を治癒させた功労で異例の出世をしたのです。その後、法眼となって江戸で花を咲かせた那須原家は、その後、子孫たちが医術の王道である本道を極め続け、各々、今も名医家として諸大名家に仕えているようです」

「法眼那須原様のご本家は、上様の元へ御出仕されておられるのでしょうか」

――奥医師の中に那須原という名を聞いたことはないわ。子孫たちが繁栄しているというのになぜ？――

「常憲院様が崩御なさった日に法眼那須原隆仙殿も亡くなっています。くわしい事情はわかりません」

「実は夢に見たのは那須原隆仙という方についての本なのです。〝那須原隆仙伝〟とありました」

「本だったのか──」

「その本が売られていたところがわかれば──」

「この江戸に本屋は多い。一軒一軒、一人で当たっていては、何日かかるかわかりません」

信二郎は山崎を呼んだ。

事情を聞いた山崎は、

「承知しました。実は母が食中《しょくあた》りで死にかけた時、栗川玄伯が命を助けてくれました。刑死した者と関わっての調べゆえ、大っぴらにはできませんが、手先の者たちなら気心が知れています。三十俵二人扶持《ぶち》の薄いお手当の中から、雀《すずめ》の涙ほどの銭しか渡していませんが、あいつらなら調べてくれるでしょう」

早速、手先の者たちに、〝那須原隆仙伝〟が売られていた本屋を探させた。

何日かが過ぎて、飴《あめ》売りが副業の下っ引きの若者が、〝那須原隆仙伝〟と共に、本の曰《いわ》くを報せてきた。

話を聞いた信二郎は、〝那須原隆仙伝〟を抱え、ゆめ姫を訪れた。

「〝那須原隆仙伝〟は品川の古本屋文殊《もんじゅ》が、蔵にしまっていたものでした。文殊では一月ほど前、父親が亡くなって、今の主の代となり、蔵の片付けをしていて見つけたのです。

〝那須原隆仙伝〟は、先代が買い受けた本で、何でも、那須原家の主に焼き捨てるように言われた下働きの男が、この本を三冊、文殊に持ち込んだのだとか──。文殊の先代はそれを店先に並べていたのですが、しばらくして二冊は売れたものの、残った一冊が売れることはなく、やがて、父親がおかしなことを口にするようになり、鋏《はさみ》を手にして倅夫婦の寝間の前に立っていたこともあったとか——。それで、座敷牢《ざしきろう》を作って、閉じ込めておくしかなくなり、〝声が声が——その声をどうにかしてくれ、消してくれ〟と叫びながら、座敷牢で先代は悲惨な最期を遂げたとのことでした」

——あの声の元はこの本だったのだわ。この本とお父様の変わりようが関わっているとわかっていたら、文殊では売ってしまった二冊を買い戻し、残りの一冊と合わせて焼き捨てていたにちがいないわ。もしかして、信二郎様はもうこれをご覧になっている？　だとしたら、信二郎様もいずれ——

姫は心の戦慄《せんりつ》を抑えながら、

「信二郎様はこの〝那須原隆仙伝〟をお検《あらた》めになったのでしょう？」

努めて平静を装って訊いた。

「いいえ、人智の及ばぬ事柄の調べだと心得ていますので」

冷や汗を掻《か》いている信二郎は首を横に振った。

「とにかく、わたくしはこれを読みますので、少しの間お待ちください」

ゆめ姫は〝那須原隆仙伝〟を手にして自分の部屋へ入った。

この間、姫は白昼夢を見た。

栗川玄伯、鰻八の主八五郎が、各々続いて、文殊の主と会話を交わしている様子が見えてきた。

玄伯が、

〝那須原とは法眼の那須原殿か?〟

と訊ねると、主は、

〝左様にございます〟

〝隆仙殿とはどういう御方なのか?〟

〝元禄《げんろく》の名医と書かれておりました〟

〝なるほど、興味深い〟

玄伯は懐の財布に手を伸ばした。

次の八五郎は、

〝本だけが道楽でね。何か心の洗われる、ためになる本がいい。今日は物乞いが多すぎて、残り物が足りなくなってしまった。可哀想なことをした〟

〝それなら、これに限りますよ〟

主は〝那須原隆仙伝〟を出してきた。

〝ほう、どんな本だ?〟

〝世のため人のために生きたお医者さんの話です〟

〝それはいい〟

八五郎は赤ら顔をほころばせた。

この後、本を手にして立ち去る二人の姿が重なって消え、主一人になった。

声が聞こえ始めた。

——殺せ、殺せ、嫁を殺せ——

〝約束が違うぞ。これらの本を売ったら、もう話しかけないと誓ったじゃないか〟

主の言葉に、

〝約束なぞ、破るためにあるものだ〟

〝それではこうしてやる〟

本を手にした主は破り捨てようとしたが、手に力が入らない。竈《かまど》へ持って行って焼こうとしたが、足が前に進まなかった。

〝どんなことをしても無駄だ。おまえはわしに逆らえない。嫁を殺せ、殺すのだ〟

その声は止まなかった。

そこで白昼夢が終わった。

「文殊のご主人を始めとして、栗川先生、八五郎さん、皆、この本を読んだばかりに取り憑かれてしまったのだわ、この本は間違いなく毒と同じなのだわ」

思わず呟《つぶや》くといつのまにか、後ろに控えていた藤尾が大声を上げた。

「姫様、どうか、毒だとわかっているその御本を読むのだけは、お止めになってくださ い」

「けれども、誰かが読まなくてはならないのです。そうしなければ、また人殺しが起きるのです」

「でしたら、姫様に代わって、せめてわたくしに読ませてください。わたくしから姫様にお伝えいたします」

藤尾はなおも食い下がったが、

「いいえ、藤尾では駄目です。なぜなら、わたくしは力を使って、この本に取り憑いている霊と話をしなければならないからです」

姫は頑として聞き入れず、

「そんなにわたくしのことが案じられるのでしたら、そこに控えていなさい」

そう言い捨てて、ゆめ姫は〝那須原隆仙伝〟を読み始めた。

あとがきによれば、この本を書いたのは、隆仙の息子の道仙《どうせん》であった。隆仙は那須原家の四代目当主で、常憲院崩御の日に病死している。本には、この隆仙が如何《いか》に常憲院に尽くしたかが書かれていた。

――父隆仙、かつて若き常憲院様を癒した故郷《くに》の殺生石を以《もっ》て、病を癒《いや》せと命じられ、諸国を奔走してこれらを集め、治療を試みるが叶《かな》わず、死出へと旅立たれし折、病死と偽って命を断てり、これ忠義の殉死なり。〝武人ならず医家なれども、永遠に徳川に忠あり〟と言い残す也――

途中、何度か、

「姫様、大事はございませんか」

藤尾が声をかけてきた。

「大丈夫です」

読み進めながら、

――これは、もしかして――

ゆめ姫は首をかしげた。

悪霊が取り憑いているのだとしたら、凶事が白昼夢で見えたりするものなのだろうが、何も起こらないのである。

――思えば、二冊売った後、先代主が蔵にしまったこの三冊目を蔵で見つけた時、文殊の新しい主や奉公人は中を検めたはず。それなのに、何も起きていないということは、もう、これには、何も取り憑いていないのかも――

だったら、誰が読んでも大丈夫かもしれないと思いつつ、読み終えると、

「今、すぐ、わたくしの目の前でこの本を燃やしてください」

藤尾に命じた。

そして、本が燃えて、灰になるのをしっかりと見届けた後、信二郎が待つ座敷へと急いだ。

姫が本の内容をかいつまんで話すと、

「するとその本は単に、常憲院様に仕えて殉死した那須原隆仙を、息子が讃えているだけなのですね。だとすると、栗川玄伯や八五郎がそれを読んで、おかしくなったというのは、

いささか、筋が通りませんよ」

冷や汗の滲んだ首を大きくかしげた。

姫があとがきの一文を諳《そら》んじて、

「どうも殺生石というのが気になってなりません。那須原様の故郷が那須野だということも。たしか、那須原隆仙の御先祖はあの玉藻前の中に、弓削道鏡の魂が加わったとされている、那須野の山奥の呪術師でしたね――」

「殺生石というのは、玉藻の石とも、九尾の狐とも言われるものです。伝承によれば、討伐軍は玉藻前を追いつめますが、たいそうしぶとく、美女から九尾の狐に本性を現した玉藻前は、大きな石に姿を変えてしまいました。これが毒石、殺生石の謂《いわ》れです」

殺生石について説明をはじめた信二郎は、首だけではなく、髷《まげ》が濡《ぬ》れるほど夥《おびただ》しい冷や汗を流していた。

七

それでも信二郎は話し続けた。

「この毒石に近づいたものは、人も動物もことごとく命を奪われたので、殺生石と呼ばれたのです。毒石に悩まされる村人たちを憐《あわ》れみ、九尾の狐の鎮魂に訪れた高僧たちまでもが、毒気の強さに負けて斃《たお》されてしまったといいます」

「殺生石は今でも那須野に？」

姫は訊かずにはいられなかった。

「いいえ、足利《あしかが》将軍の頃になって、玄翁和尚《げんのうおしょう》という人の一途な念が通じ、殺生石は破壊され、その破片は各地に散らばったと語り継がれています」

「ということは、田舎医者にすぎなかった那須原隆仙が、常憲院様をお助けすることができたのは、毒にもなれば薬にもなる、殺生石の薬効に通じていたということになりますね」

「ただし、ここでの殺生石は玉藻前の伝説とは関わりなく、那須原家に伝わる秘薬を指しているのだと思います。隆仙が殺生石の破片を諸国を廻《めぐ》って集めたというのは作り話でしょうが、秘薬は草木ではなく、石であった可能性が高いです。隆仙の息子の道仙が殺生石という言葉を使ったのは、家伝の秘薬のことを隠すためだったと思います。もっとも、那須原家に限らず、医家ではどんな家でも特効の秘薬の一つ、二つは受け継いでいるものですけどね」

信二郎は明晰《めいせき》に言い切ったが、拭《ぬぐ》っても拭っても額から吹き出してくる汗に、目を塞がれた。

「隆仙という方が一心に、常憲院様の治療に当たられたというのは事実のようですね。けれども、常憲院様に殉じておきながら、なぜこの世に恨みを残し、人に取り憑いて酷い仕打ちを続けるのか、わたくしにはどうしてもわかりません」

ゆめ姫はため息をついた。

「その理由がわかれば、隆仙の悪事を止めることはできますか？」

「わたくしの力で止められるかどうかはわかりません。けれども、理由がわかって、隆仙という方の心に踏み込まない限り、決して、止めることはできないような気がいたします」

姫は正直な胸のうちを洩《も》らした。

「わかりました。それがしが那須原家の当主に話をつけます。そして、あなたが今の当主に会えるようはからいます。そして、なにゆえに先祖について書かれた貴重な伝記である、〝那須原隆仙伝〟を燃やしてしまおうとしたのか、お訊ねになってください」

信二郎の働きで、何日かして、姫は那須原家十代目当主の那須原治仙《じせん》と会うことになった。

ただし、同席するのは、信二郎から経緯を聞いた中本尚庵だという。

「きっとこれは那須原家の禁忌なのでしょうから、ゆめ殿のお身の上が案じられます。こんなことはあってほしくはないのですが、医家ですから、毒を盛ることもできます。わたしが付いていれば、もしもの時、解毒もできましょう。わたしをお連れいただけないのなら、先方の門の前で待っていようかとも考えています」

「わかりました、お願いいたします」

金王八幡宮《こんのうはちまんぐう》の先の渋谷村《しぶやむら》にある那須原家の庭はいちめん薬草園である。医家らしい質実な佇《たたず》まいの屋敷であった。

ゆめ姫は、門の前で駕籠《かご》を降りると、尚庵と共に目の前に広がる庭に足を踏み入れた。

「まあ、何ってよい香りでしょう」

薬草園には雪中花（水仙）が咲き乱れている。

「水仙の鱗茎《りんけい》は食すると死を招きますが、すりおろして、小麦粉と酢を加えてよく煉《ね》り、塗布薬として用いると、腫《は》れて痛む乳腺炎《にゅうせんえん》や乳腫《にゅうしゅ》、頑固な肩凝りに速効します」

尚庵が教えてくれた。

十代目、那須原治仙は客間で待っていた。髪も顎髭《あごひげ》も共に白い年配の法眼は、糊《のり》のきいた十徳を着て正座している。

「よろしくお願いいたします」

ゆめ姫は尚庵と共に頭《こうべ》を垂れた。

すでに訊きたい話を、文に書いて届けてある。

「お待ち申しあげておりました」

那須原治仙は尚庵と目が合うと僅かに口元を和らげ、尚庵の方は再び前よりも深く頭を下げた。医者同士、見知ってはいるものの、尚庵にとって、那須原治仙は仰ぎ見る位にあるのだろう。

茶が運ばれてきた。

こほんと一つ、尚庵が咳払《せきばら》いをした。手を付けるなという合図であった。

「実は正直、お答えのしようがないのです」

治仙は首をかしげた。

「〝那須原隆仙伝〟は、御当家の御先祖が書かれたものですよ」

「それはたしかです。長い間、蔵にしまいおいていたと記憶しておりますが――」

「下働きの者が盗み出して、文殊なる古本屋に売ったとお答えになるのでしょうか？」

ゆめ姫は眉《まゆ》を上げた。

「そうとしか考えられません」

治仙は姫から目を背けた。

「嘘《うそ》は困ります」

ゆめ姫は言い切り、

「わたくしは南町奉行所の命でここに来ているのです。奉行所の者に嘘は通用しません。下働きの者たちには既にお上が確かめました。〝燃やすように〟と命じられたが、惜しくなって、文殊に売ったと白状しています。ただし、この者は字が読めなかったのが幸いして、隆仙の悪霊に取り憑かれずに済んだのです。なぜ、この者に燃やすよう命じたのか、その理由を話してください」

詰め寄った。

「下働きの者は盗んだ罪を逃れたいのでございましょう」

話を逸らして、あくまで治仙は惚《とぼ》けようとしている。

「それでは訊きます。〝那須原隆仙伝〟を読まれたことはありますか？」

「それは――」

治仙は言い澱《よど》んだ。

「なにぶん、昔のことでございますゆえ」

「御先祖のことを厚く知るは子孫の役目ではないのですか?」

黙ったまま治仙は俯《うつむ》きかけた。

「菩提寺《ぼだいじ》に確かめました。御当家では那須原隆仙の命日には、必ず、住職に経を上げていただいていると聞きました。よほどの想《おも》いがあってのことでしょう」

「何もお答えできません」

治仙はとうとう下を向いてしまった。

――これでは駄目だわ――

「お願いです」

ゆめ姫は策をがらりと変えた。

「あなた様が隆仙様について、話してくださらないと、この先、隆仙様の霊に操られて、沢山の人たちが身近な人たちを手にかけてしまうのです。あなた様も人の命を助けるお医者様なら、このような形で命が奪われてはならないとわかっておいでのはず――お願いです、どうか、本を燃やそうとした理由を話してください」

治仙の前に姫は深く頭を垂れた。

「今、隆仙の霊とおっしゃいましたね」

治仙は青ざめた顔を上げた。

「もしや、あなたは隆仙の霊と――」

「時々、この世の者でない方々と話すことができるので、こうして、奉行所のお役に立とうとしております。このたび、隆仙様の霊はたいそう酷いことをなさったのです」

そこで姫は、栗川玄伯と八五郎の話を聞かせた。

「たしかにあの事件は、人徳の厚い栗川先生の所業とは思いがたく――そうでしたか、やはり、あれが禍したのか――」

治仙は肩を落とした。

「お話しいただけますね」

ゆめ姫は相手を促した。

「当家にとって、〝那須原隆仙伝〟は、代々、読んではならない禁忌の本でした。その理由は、これを書いた隆仙の息子道仙が非業の死を遂げたからです。言い伝えによりますと、この本を書いてからというもの、道仙は人が変わってしまいました。放蕩《ほうとう》を続けるだけではなく、小刀を手にして妻や娘を追いかけ回したのです。気が触れたと見なして、これはもう、座敷牢に閉じ込めるしかないとまわりの者たちが決めかけていた時、一瞬正気を取り戻して、〝今まで父に命じられるままだった。だが、すまない、情けない〟と、涙を流しながら、手にしていた小刀で、自分の首の急所を突いて死んだということでした。道仙の死に立ち会った者たちは、そもそもこんなことが起きたのは、〝那須原隆仙伝〟などというものを書いたからだと言い、以来、この本は蔵の奥深くしまわれ、決して、この本を開いてはいけないと、語り伝えられてきたのです。ところが、幼い孫が蔵で、偶然見つけてしまったのです。幸い孫は、まだ字が読めず、その時はことなきを得ましたが、この先はどうなるかわかりません。人というのはとかく禁忌だと言われると、触れてみたくなるものですからね。どんなに隠しても、興味にかられて、読んでしまうのではないかと思うと気が気ではなく、息子と相談して、始末することにしたのでした」

八

「隆仙様は何の恨みをこの世に残していたのでしょうか?」

「常憲院様が崩御なされて以降、当家は奥医師ではなくなりました。文昭院《ぶんしょういん》（六代家宣《いえのぶ》）様は、澱みきっていた政《まつりごと》を一新するため、常憲院様に重用された者たちを、ことごとく罷免《ひめん》なさったのです。那須原家もその一端だったのだと思います。以来ずっと那須原の血を引く医師たちは、本家、分家を問わず、奥医師には登用されておりません。泰平の世が続いたゆえに、他の医師たちが代々縄張りを固守できたせいなのでしょうが、隆仙としては殉死までした自分の忠義心が、少しも報いられなかったと無念だったのかもしれませんね」

――隆仙様は死んで自分の身を徳川家に捧げることで、常憲院様を癒せなかったことを詫び、子孫に変わらぬ繁栄をもたらそうとしたのだわ。それが叶わぬようになって――、でも、恨むのなら、徳川家を恨めばよいものを。何も、罪のない人たちを、巻き添えにしなくてもよいものを——

すると、突然、

〝悪霊に節操なんかないのよ〟

お志まの声が聞こえた。

——そうだった——

今日はもしやと思い、お志まの信玄袋を手にしていた。

〝悪霊は、ただ人が壊れて不幸になるのを見ているのが楽しいだけなの。たとえ、それが血を分けた倅でもね〟

——だから、道仙様にもあんな仕打ちを——

〝そうよ、だから、油断しては駄目〟

そこでお志まの声は途切れた。

尚庵に送り届けられて、無事、夢治療処に戻った姫は、那須原治仙から聞いた話を藤尾に伝えた。

「何とも恐ろしい話ですね」

藤尾はぞっと背筋を震わせた。

「ここにあった〝那須原隆仙伝〟は燃やしてしまいましたが、あとの二冊が気になります。もし、誰かの手に渡ったとしたら——」

案じた姫はすぐに信二郎を呼んだが、代わりに訪れたのは山崎だった。

「与力殿には動けぬ事情ができましたので、このお役目はわたしが務めます」

山崎はすぐに、栗川と八五郎のところへ向かった。

栗川の書物は全て何人かの弟子たちが、形見として分け、明日は各々、郷里へと帰ってしまう寸前だった。どの弟子が何の本を形見としたのかまでは、どこにも記されておらず、間一髪で後の祭りになるところだったのである。

八五郎の方は女房がこの本に気がつき、仏壇に供えようと手にして、開こうとしたところに間に合って、これを燃やすことができた。

——よかった——

安堵《あんど》しつつも、姫には他にも気掛かりなことがあった。

——信二郎様はどうされているのだろう？　動けぬ事情とは？——

その夜のことである。

姫は夢を見ていた。

信二郎が眠っている。熱があるようで、額に濡れ手拭いを当てている。

——あの時、あれほど汗を掻かれていたのは熱病だったからなのね。大事ないとよろしいけれど——

そばに〝那須原隆仙伝〟が見えた。

――やはり信二郎様は読まれたのだわ――

姫は夢の中で青ざめた。

〝読むに決まっているあなたのことが案じられますから、わたしでも、あなたに渡す前に先に読みたくなるはずです〟

不意に慶斉の声が聞こえてきた。

〝どうして、ここへおいでになれるのです？〟

〝わたしもあなたが案じられてなりませんでした。遠縁ではあっても、わたしも徳川の血を引いておりますので、その気になれば、那須原隆仙に宿敵として、縁先までに限って招かれることができるようです。これより中へは入れず、手をこまねいていることしかできないのは不本意ですが――〟

〝ここは隆仙の恨みの世界？〟

〝まあ、そういうところです〟

――だとしたら、信二郎様ともども長居はできないわ――

「起きてください。すぐにここを離れるのです」

信二郎を抱き起こして、玄関へ向かいかけた時、不意に支えていた相手の身体が石のように重くなった。

〝なかなか、正体がわからぬとはな〟

目を閉じている信二郎が話しかけてきた。野太い男の声である。

〝あなたは隆仙の霊ね〟

〝そんなことでは冥途にわしを追い払うことなぞ、できはしないぞ〟

隆仙の霊が嘲《あざわら》笑った。

〝あの世の法王様（道鏡）がわしをこの世に解き放ってくれた。おかげで、もう、本なぞに取り憑いていることもなくなった。本に頼らずとも取り憑くことができるようになったのだ。この男はなかなか心が強く、胆も据わっていたが、とうとう病にさせることができた。こうなればもう自在に操れる。おまえを殺すこともできるぞ、おまえを死ぬよりも酷い目に遭わせることも——〟

悪霊はうそぶいた。

突然、信二郎が姫の肩を突き放すと、脇差を抜いた。ただし目は開いていない。

〝止めて、信二郎様、しっかりして〟

姫は叫んだ。

しかし、

〝やってみろ〟

唆された信二郎はあろうことか、脇差を自分の首に当てた。

〝信二郎様、あなたはこんなことをするために、生まれてきたのではないはずよ。お願い、楽しい戯作《げさく》をもっと書いて、面白い噺《はなし》を聴かせて〟

姫が叫び続けると、慶斉の居る縁先から砂埃《すなぼこり》が立ち上がった。

すると、一瞬悪霊の声が止み、ふわりと浮いた脇差が座敷まで飛んで、信二郎はうつ伏せにばったりと倒れた。

〝畜生、畜生、今に見ていろ、おぼえていろ〟

悪霊は悪態をついたが、やがてその声は遠くなり、聞こえなくなった。

夢から醒《さ》めたゆめ姫の顔は涙で濡れていて、身体に力が入らず、すぐには起き上がることも出来なかった。

「姫様、姫様」

案じる藤尾の声が聞こえた。

翌朝、知らせを聞いて駆けつけ、姫からこの悪夢の一部始終を聞いた尚庵は、

「秋月様は病になるまで悪霊に屈しなかったのですね。実は昨夜、栗川先生の夢を見たのです。先生がご自分の両耳に錐を突き刺している夢でした。念のため、先生を調べた役人に確かめてみました。役人の問い掛けに、悔恨の言葉を繰り返すばかりだった先生は、両耳の穴から血を流していたそうです。先生はこれ以上、悪霊の言葉に耳を貸したくなくて、そうするしかなかったのです。心安らかに成仏していただきたいものです」

手を合わせて瞑目《めいもく》すると、

「あなたのこのお疲れは二、三日養生なされば治りましょう。ただし、秋月様の方は――」

表情を曇らせて、信二郎が原因不明の急な重病に罹《かか》って、もう何日も経《た》つのだと告げた。

熱は下がったものの、こんこんと眠り続けているのだという。

独り住まいの信二郎を案じた池本家では、人を頼んで病床を自分たちの屋敷の離れへと移していた。

見舞ったゆめ姫は、

「ゆめ殿、ゆめ殿、よくおいでくださいました。すぐにも報せたかったのですが、殿様と総一郎が、そんなことをしては、お役目を務めておられるゆめ殿の障りとなり、信二郎は喜ばないだろうと言うので、仕方なく――」

息子を案じる余り、瘦《や》せて一回り小さくなった亀乃と抱き合って泣いた。

方忠は皺《しわ》の数がまた増えて、総一郎のふっくらと長く丸い顔が横に縮んで翳《かげ》っている。

そんな池本家の三人と一緒にゆめ姫は信二郎の病床に座った。眠っている信二郎は苦しそうに時折、顔を歪《ゆが》める。

――きっと、まだ、悪霊と闘っていらっしゃるのだわ――

そう思った刹那《せつな》、白昼夢が頭に閃いた。

黒いどろどろの大きな汚物のように見える悪霊の隆仙と信二郎が対座している。信二郎は憔悴しきってはいたが、頼もしくも目力は強かった。

〝おまえの考え次第では眠りから覚ましてやるのだがな〟

悪霊の囁《ささや》きに、

〝いや、醒《さ》めて罪のない人たちを殺めるのであればこのままでいい〟

信二郎は毅《き》然《ぜん》として応《こた》え、

〝いいか、これは死につながる眠りなのだぞ〟

〝かまわない、望むところだ〟

きっとした目で相手を睨《にら》み付けた。

――わらわも悪霊と闘って、信二郎様をお助けします、待っていて、信二郎様――

ゆめ姫は悪霊隆仙に囚《とら》われている信二郎に話しかけつつ、

「叔父上《おじうえ》様、叔母上《おばうえ》様、総一郎様、大事ありません、信二郎様はほどなくお目覚めになられます」

悲嘆に暮れている三人に向かって、労るように優しく微笑《ほほえ》んだ。

時代小説文庫

わ 1-40

恋文《こいぶみ》 ゆめ姫事件帖《ひめじけんちょう》

著者 和田《わだ》はつ子《こ》

2017年3月18日第一刷発行

発行者 角川春樹

発行所 株式会社 角川春樹事務所
〒102-0074 東京都千代田区九段南2-1-30 イタリア文化会館

電話 03(3263)5247[編集] 03(3263)5881[営業]

印刷・製本 中央精版印刷株式会社

フォーマット・デザイン&シンボルマーク 芦澤泰偉

ISBN978-4-7584-4079-0 C0193 ©2017 Hatsuko Wada Printed in Japan
http://www.kadokawaharuki.co.jp/[営業]
fanmail@kadokawaharuki.co.jp[編集] ご意見・ご感想をお寄せください。